KB053373

원탁

원탁

니시 가나코

임희선 옮김

북스토리

등장인물

이시타(할아버지) 고집 세고 비뚤어진 성격. 글자를 좋아함.

가미코(할머니) 8남매의 장녀로 태어났고, 낙천적. 7남매를 연년생으로 출산함.

간타(아빠) 심부름센터에서 일하는 명랑 쾌활한 핸섬 가이. 하지만 IQ는 낮다.

시오리(엄마) 미인이고 순진함. 화가 나면 귀가 찢어질 것처럼 새빨개진다.

리코(세쌍둥이 언니) 농구부에 소속되어 있음. 천둥과 번개의 신이 수놓인 이불에서 잠.

마코(세쌍둥이 언니) 소프트볼부에 소속되어 있음. 춤추는 학과 거북이 모양이 수놓인 이불에서 잠.

도모미(세쌍둥이 언니) 수예부에 소속되어 있음. 이불 커버에 수를 놓음. 싸우는 용과 호랑이 모양의 이불에서 잠.

다마사카 부장 기술, 관록이 모두 있는 수예부 부장. 중3인데 별명은 '시어머니'.

모리가미 리코의 애인. IQ가 현저하게 낮아 남을 짜증 나게 만드는 바보.

지비키 선생님 무신경한 성격 때문에 느긋한 분위기를 풍기는 담임 선생님. 학부형과 아이들에게 인기가 많음.

사와 선생님 미혼, 50세, 레즈비언인 양호실 선생님.

고다 메구미 신비롭고 어른 같은 분위기 때문에 아이들이 동경하는 대상.

폿상 꼬꼬의 소꿉친구. 멋있게 말을 더듬는 꼬꼬네 반 행동대장.

요코야마 세르게이 러시아인과 일본인의 혼혈아로 아홉 살에 벌써 색을 밝힘.

스가와라 아리스 아홉 살인데도 가슴이 나오고 생리도 벌써 시작했음.

박군 재일교포 4세인 학급위원. 어른스러운 미소년.

미키 나루미 이렇다 할 만한 특징이 없는 여자애.

고쿤 베트남 난민의 아들로 꼬꼬네 반에서 인기가 많음.

추양 부자지만 '복잡한' 가정환경을 가진 아이. 얼굴은 단순하게 생겼음.

코딱지 도리이 코딱지를 후벼 파서는 책상 끄트머리에 붙여서 여자애들이 싫어함.

모탄 손재주가 있고 눈이 쑥 들어간 남자애.

탓칭 조숙한 여자애. 담임 선생님인 지비키를 동경하고 있음.

고다 메구미가 학교에 안대를 하고 나타났다.

3학년 2반 아이들은 모두 고다 메구미 주변으로 몰려들어 "그게 뭐야?" "한번 벗어봐" 하면서 난리를 쳤다. 하지만 메구미는 원래부터 얌전하고 조용한 성격, 아니 정확하게 말하자면 아주 어른스러운 여자아이라서 난리 법석을 떨고 있는 아이들은 아랑곳하지 않고 그냥 "응, 눈 다래끼가 나서"라고만 하고는 사뿐히 자기 자리에 앉아버렸다.

'눈 다래끼'라는 말에 애들은 또 "그게 뭔데?" "무슨 병이야?" "어떤 건지 보여줘 봐" 하고 떠들어댔다. 그러자 고다 메구미는 난처한 얼굴로 아이들을 둘러보더니 "나도 보여주고는 싶지만 만지면 다른 사람한테 옮기는 거라서" 하고 정말 어른 같은 말투로 말했다.

"그래서 이렇게 안대를 하고 있는 거야."

그 말에 아이들은 완전히 고다 메구미를 존경하게 되어버렸다.

고다 메구미가 전염병에 걸렸고, 그걸 그 하얀 '안대'라는 걸로 숨기고 있다!

사실 고다 메구미는 원래부터 남자애들뿐만 아니라 여자애들한테도 인기가 많은 편이었다. 나이답지 않은 어른스러운 몸놀림이나 우아하게 급식을 먹는 모습, 국어 교과서를 읽을 때의 깨끗하고 아름다운 표준말 등 여러 이유가 있었지만, 그중 가장 큰 요인은 말수가 적은 신비스러운 분위기였다.

보통 이런 특징을 가리켜 '신비감'이라고 부른다. 어른이 되면 남자의 이목을 끄는 아주 유력한 '수'가 되기도 하지만 고다 메구미는 이제 겨우 아홉 살에 불과했다. 그래서 다른 애들이 왜 이렇게 자기한테 관심을 보이면서 신경 쓰는지 도통 이해할 수 없었다. 실은 다른 아이들도 자신들이 왜 고다 메구미에게 관심을 가지게 되는지 이해할 수 없었다.

다만 고다 메구미는 반 애들 중에서 키가 제일 컸다. 다른 애들에게 있어 그건 자동적으로 어른에 더 가깝다는 뜻이었고, 따라서 어른인 고다 메구미는 자기들이 모르는 뭔가를 알고 있을 거라고 막연하게 믿었다. 그게 바로 이 '눈 다래끼'와 '안대'였다.

3학년 2반 애들 중에서 고다 메구미에 대한 알 수 없는 '동
경심'을 제일 많이 마음속에 품고 있는 사람은 우즈하라 고토
코였다.

'고토코'라는 이름이 발음하기가 힘들어서 애들은 다 '꼬꼬'
라고 부르는데, 물론 남자애들은 어김없이 아주 당연하게 닭
처럼 걷는 시늉을 하거나 '꼬끼오 꼬꼬꼬'로 시작하는 한가로
운 노래를 부르면서 꼬꼬를 놀렸다.

"꼬끼오 꼬꼬꼬, 꼬끼오 꼬꼬꼬, 꼬꼬의 볏을 잘라서 어디
줄까."

무식한 노래다. '꼬꼬의 볏을 잘라서 어디 줄까'라는 구절이
언제부터 어떻게 붙여졌는지 지금에 와서는 아무도 모르게 되
었지만, 그래도 뭔가 좀 험악한 느낌이 난다. 어쨌든 이 노래는
꼬꼬한테 주목을 받고 싶어서 부르는 구애의 노래인 셈이다.

꼬꼬는 같은 학년 중에서도 생일이 늦은 편이어서 아직도
만 여덟 살이다. 따라서 이런 식으로 나타나는 남자애들의 뒤
틀린 '구애의 몸짓'에 대해서는 아직 이해하지 못한다. 아니,
아예 이성에 대한 관심 자체가 없다. 그렇다고 조숙한 여자애
들 틈새에서 꼬꼬가 너무 아기 같은가 하면 그건 아니다.

꼬꼬의 마음을 들여다보자면 이렇다.

'남자애들은 코흘리개에 손톱은 새까맣고 노래를 만드는 센
스도 없어. 한심한 꼬마들!'

꼬꼬는 총명했고 남자애들의 어리석은 행동을 바보 같다고 여길 정도로 어른스러운 아이였다.

꼬꼬는 지금 창가 제일 뒷자리에 앉아 줄이 안 쳐진 공책에 '눈 다래끼'라고 쓰고 있다. 한없이 고딕체에 가까운 힘찬 글씨는 꼬꼬 특유의 필체인데 이것만큼은(사실은 이것만이 아니지만) 아무리 선생님이 뭐라고 해도 고쳐지지가 않았다.

꼬꼬는 생각했다.

눈 다래끼라는 병을 앓게 되면 저 하얗고 멋지게 생긴 '안대'라는 걸 눈에 쓸 수 있다. 그러면 한쪽 눈만 가지고 세상을 바라볼 수가 있겠구나.

꼬꼬는 말하고 싶었다.

'나한테 가까이 오면 병이 옮을 수 있어. 그러니 제발 그냥 혼자 있게 해줘.'

그 말을 함으로써 얻게 될 고독을 꿈꾸듯이 상상한다.

외톨이가 되어버린 나!

체육 시간이다. 고다 메구미는 선생님 옆에 무릎을 안은 채 앉아 있었다. 담임 선생님인 지비키 선생이 큰 소리로 말했다.

"고다는 안대를 풀 때까지 당분간 체육은 못 하니까 그렇게 알고 있어."

체육복에 안대. 체육은 안 하고.

그 매혹적인 모습에 멍청한 남자애들도, 새침데기 여자애들도 부러운 표정을 지었다.

"우~. 왜, 왜 못 해요?"

지비키 선생한테 이렇게 당당하게 물을 수 있는 사람은 오로지 우리 반 행동대장 폿상뿐이다. 말을 더듬는 남자애인데 꼬꼬가 갓난아기였을 때부터 함께 자라온 소꿉친구였다.

꼬꼬는 폿상의 이런 말투가 부러워서 어떻게든 흉내 내보려고 틈날 때마다 시도해보았지만 아무리 해도 폿상처럼 멋있게 되지 않았다. 폿상의 말투에는 특유의 리듬이 있었다. 그건 마치 노래를 부르는 것 같기도 하고, 뭔가 중요한 연설을 하는 것처럼 들리기도 했다.

아무튼 폿상이 그렇게 따지자 지비키 선생이 이렇게 대답했다.

"그게 있잖아, 한쪽 눈으로만 보면 원근감을 알 수 없게 되거든."

고다 메구미는 원근감을 알 수가 없구나!

'원근감'이라는 낱말의 뜻이 뭔지는 몰랐지만, 뜻을 모르기에 더욱 매혹적으로 들렸다. 그래서 다들 또 흥분해버렸다.

"그…… 그…… 그럼, 크…… 큰일인데. 그치?!"

폿상이 흥분하자 더듬는 속도가 더 빨라졌다. 꼬꼬는 고다 메구미를 뚫어지게 쳐다봤다.

꼬꼬는 저 자리에 앉고 싶었다. 다른 애들하고 나는 다르다는 사실을 곱씹으면서 한쪽 눈만 가지고 다른 사람들을 바라보고 싶었다.

원근감을 알 수 없다는 게 어떤 느낌인지 너희는 모르지? 아니, 괜찮아. 그저 나를 가만히 혼자 내버려두었으면 좋겠어.

그렇게 상상의 나래를 펼치던 꼬꼬는 체조가 끝나고 심호흡을 할 시간이 되었을 때 '저쪽 편'에서 홀로 고독을 느끼며 앉아 있는 자기의 모습을 그리며 눈물을 흘리는 지경에 이르러 담임 선생님을 놀라게 했다.

"너 왜 그러냐, 우즈하라?"

'시끄러워, 바보야.'

꼬꼬의 상상력은 보통이 아니다.

원숭이에게 길러진 소녀 이야기를 들었을 때는 급식으로 나온 우동을 손을 쓰지 않고 입으로만 빨아들여 다른 애들을 경악하게 만들었고, 안네 프랑크 이야기를 들었을 때는 도서실에 있는 책장 뒤쪽에 들어가 살려다가 책장 그 자체를 완전히 무너뜨리는 바람에 도서위원이 야단을 치면서도 겁을 먹었던 적이 있다.

그런 꼬꼬가 가장 좋아하는 낱말은 '고독'이다. 고작 여덟 살 나이인데도 말이다.

꼬꼬는 고독해지고 싶었다. 아무에게서도 이해받지 못하고, 남들과 다른 자기를 주체하지 못해 그저 혼자 세상 한 귀퉁이에서 소리 없이 눈물을 흘리고 싶은 것이었다.

우즈하라네 집은 대가족이었다.

68세인 할아버지, 72세인 할머니, 35세인 아빠와 39세인 엄마, 그리고 열네 살인 세쌍둥이 언니들이 있다. 그러니까 식구가 여덟 명이다. 단지 주택, 파란 지붕에 울퉁불퉁한 하얀 벽으로 둘러싸인 연립주택이다. 꼬꼬네 집은 B동 3층 1호이고, 방이 세 개 있는 집이다. 그리고 폿상네 집은 C동 3층 2호다. 꼬꼬네 집 베란다에서 보면 그 집 안이 잘 들여다보인다.

폿상네 집은 맞벌이하는 부모님과 다섯 살 많은 형이 있는 네 명 가족이다. 다섯 살 위인 형은 무지무지 두꺼운 안경을 끼고 있는데 꼬꼬는 그것마저도 부럽다. 전에 한 번 그 안경을 써본 적이 있었는데, 눈앞에 보이는 풍경이 울퉁불퉁 일그러져 보이고, 눈알은 뒤에서 잡아당기는 것처럼 아팠다. 다섯 살 많은 폿상네 형은 항상 이런 느낌을 받으면서 안경을 쓰고 있구나 하는 생각에 꼬꼬와 폿상은 그 형을 더욱 존경하기에 이르렀다. 으음.

꼬꼬가 사는 집은 폿상이 사는 집이랑 구조가 똑같다.

할머니랑 할아버지가 주무시는 다다미 네 장 크기 방이랑 부모님이 쓰시는 같은 크기 방, 세쌍둥이 언니랑 꼬꼬가 자는 다다미 여섯 장 크기 방, 그리고 거실로 쓰는 다다미 여섯 장 크기 방. 꼬꼬에게는 '고독'이 찾아올 수가 없었다.

세쌍둥이 언니들의 이름은 리코, 마코, 도모미다.

리코, 마코로 가다가 어째서 갑자기 도모미가 나오지? 혼자 돌림자가 다르잖아? 언제 한번 부모님한테 그렇게 물었더니 "예쁘잖아!" 하면서 웃기만 했다.

꼬꼬는 '센스라고는 눈곱만큼도 없다니까!' 하고 생각했지만 세쌍둥이 언니들은 아무도 자기들 이름에 불만이 없는 모양이었다. 꼬꼬로서는 그게 잘 이해가 되지 않았다.

세쌍둥이는 보기 드물기 때문에 언니들은 어렸을 때부터 주위 사람들의 주목을 받았다. 지역 신문에 실린 적도 있었고, 유치원, 초등학교, 그리고 지금 다니는 중학교에서도 사람들이 제일 먼저 이름이랑 얼굴을 기억해주고, 인기도 많다. 게다가 세쌍둥이 언니들은 어머니와 꼬꼬처럼 아주 미인들이다.

그런데도 언니들은 너무나도 '평범'하다.

자기들이 먼저 나서서 눈에 띄는 행동을 하는 일은 절대 없고, 세쌍둥이라는 사실에 대해 불만을 드러내지도 않는다. 언제나 사이좋게 키득키득 재잘재잘 까르륵. 학교에서는 농구부랑 소프트볼부랑 수예부에서 활동한다. 게다가 동생인 꼬꼬를 무척 예뻐하고 좋아한다.

14

'저렇게 재미없는 인간들이 세쌍둥이라는 것만으로 주목을 받다니!'

언니들이 미인이라는 사실은 아직 꼬꼬가 이해하지 못하는 일이다. 게다가 꼬꼬가 이 세상에 태어날 때부터 지금껏 계속 들어왔던 말이 있다. 바로 꼬꼬가 제일 싫어하는 말.

"그 세쌍둥이의 동생."

그 뒤에 이어지는 말이 "참 귀엽다"여도, "정말 똑똑하다!" 여도 꼬꼬는 여전히 마음에 들지 않는다. 어째서 자기에 대한 말을 하는데 그 앞에 꼭 '세쌍둥이의 동생'이 붙어야 하나? 세쌍둥이라는 게 그렇게 귀한 존재란 말인가.

굳이 그 말을 집어넣고 싶다면 차라리 언니들을 '꼬꼬의 세쌍둥이 언니'라고 부르라고 말하고 싶다. 나처럼 뛰어난 인재가 어째서 저렇게 시시하고 평범한 인간들한테 들러붙어 있는 것처럼 불려야 한단 말인가.

꼬꼬는 또 세쌍둥이 언니들한테 이왕 그렇게 태어난 거 좀 더 드라마틱한 뭔가를 해보라고 말하고 싶다. 예를 들면 셋이서 짜고 자기들만 예쁜 옷을 입고 파티에 가고 꼬꼬한테는 허름한 옷을 입히고 청소를 시킨다거나, 아니면 똑같이 생긴 얼굴을 이용해서 아주 지위가 높은 미국 사람을 속인다거나.

아무튼 세쌍둥이라는 상황을 이용하면 얼마든지 매력적인 생활을 할 수 있지 않은가. 그런데도 저 인간들은 항상 이런

15

식이다.

"꼬꼬야, 이리 와봐. 머리 빗겨줄게."

"꼬꼬야, 도넛 먹을래? 언니 것 줄까?"

"꼬꼬야, 너 단추 떨어졌다. 이리 와, 내가 달아줄게."

꼬꼬야, 꼬꼬야, 꼬꼬야. 생글생글 기분 좋게 웃고 있는 세 개의 똑같은 얼굴.

'이런 소인배들 같으니! 세쌍둥이라는 사실을 아무 생각 없이 받아들이고만 있다니!'

하지만 머리를 빗겨주는 리코의 손길은 부드럽고, 마코가 주는 초콜릿 도넛은 달콤하고, 도모미가 단추를 달아줄 때 쓰는 핑크색 실은 예쁘다.

꼬꼬는 세쌍둥이 언니들에 둘러싸여서 잠든다.

꼬꼬는 고독해지고 싶다. 세쌍둥이의 동생이 아니라, 그 누구도 아닌 '꼬꼬'가 되고 싶다.

"오늘 말이야, 고다 메구미가 안대 하고 왔다."

저녁 먹는 시간이다.

우즈하라네 집 식탁은 장사하다가 망해버린 역 앞 중국집 '대륙'에서 얻어온 원탁이다. 크기가 워낙 커서 거실 대부분을 차지하는 데다 엄청난 존재감을 풍기는 짙은 빨간색이다. 그런 원탁에 아빠, 엄마, 세쌍둥이, 할아버지, 할머니, 그리고 꼬꼬까지 여덟 명이 앉아서 식사를 하면 그 풍경이 가히 압권이다.

계란말이도, 채소 볶음도, 국수에 얹는 고명도 원탁을 빙글빙글 돌아서 가족들 앞에 도착한다. 그러니까 대가족에게는 무척 편리한 식탁인 셈인데, 그리 크지 않은 거실 방바닥 위에 있으니 그 진홍색이 역시 압권이다.

"눈 다래끼냐?"

꼬꼬의 아빠는 우즈하라 간타다.

심부름센터에서 일하고 있다. 에어컨, 비데, 정수기 등의 설치, 수도 파이프 수리, 커튼 레일 달기 등등. 어떤 때는 정원의 잡초 뽑기, 이삿짐 나르기 같은 일도 한다. 중퇴하기는 했어도 학생 때는 럭비 선수로 활약했고 잘생겼는데 멍청해서 여자들한테 인기도 많았다. 왼팔에는 닻 모양의 문신도 있다. 하지만 이건 젊은 혈기에 저지른 짓일 뿐 간타는 바다 사나이가 아니다. 다만 탄탄하고 굵은 자기 팔뚝에 닻 모양 문신이 어울린다고 생각해버렸을 뿐이다. 풋상 말에 따르자면 간타는 아…… 아…… 아이큐가 낮다.

꼬꼬는 아빠한테도 불만이 있다.

'아빠가 수도 공사하는 사람인 것보다 럭비 선수인 편이 더 멋있잖아!'

17

꼬꼬는 자기 아빠가 다리 인대를 다쳤다는 사실이나 나이가 들어서 더 이상 럭비를 할 수 없다는 사실을 모른다. 어쨌든 불만이니 어쩔 수 없는 일이다.

'소시민이야!'

그런데 그런 소시민인 아빠가 안대라는 소리에 곧바로 '눈 다래끼냐'라고 물어오는 것을 보고 꼬꼬는 약간 놀랐다. 아빠가 눈 다래끼라는 걸 알고 있었나?

간타도 꼬꼬를 무척 좋아한다. 예뻐서 어쩔 줄을 몰라 했다.

'꼬꼬는 꼭 천사 같단 말이야, 정말!'

"옮는다던데. 고다 메구미는 그래서 체육 시간에도 쉬고 있었어."

"그랬구나. 딱하게시리."

엄마가 말했다.

역시! 꼬꼬는 생각했다. 거봐, 역시 안대라는 걸 하면, 눈 다래끼라는 병이 나면 다들 불쌍하다고 생각하는 거야. 그럼 나도 불쌍한 꼬꼬가 될 수 있는 거야.

"나도 안대 하고 싶어."

"뭐하러?"

엄마는 우즈하라 시오리다.

학생 때는 럭비팀 치어리더였다. 간타와는 요즘 말하는 미팅으로 만나서 뜨거운 교제를 나누다가 적당한 때에 임신을 해서(더구나 세쌍둥이를) 오늘에 이르렀다. 미인에다 역시 살짝 멍청한 편이어서 인기가 많았다. 간타만큼 젊은 혈기에 실수한 일이 많지 않지만 화가 많이 나면 귀까지 새빨개진다. 희귀병 아닌가?

'뭐하러 그러냐고 물으면 어떡해, 바보같이!'

꼬꼬는 엄마에 대해서도 불만이다. 엄마는 부처님 가운데 토막처럼 순진한 성격이라 머리에 떠오르는 생각을 그대로 말해버린다.

'시시한 소시민들한테 멋있으니까 하고 싶다는 말을 어떻게 하란 말이야!'

꼬꼬는 말없이 그냥 밥만 먹었다. 볼에는 갈색으로 물든 버섯밥의 밥풀이 붙어 있다. 시오리도 꼬꼬가 마냥 예쁘기만 하다.

'어쩜 이렇게 귀여울까. 우리 꼬꼬는 기저귀 차던 애기 때하고 하나도 변한 게 없단 말이야~.'

"우리 꼬꼬, 내일 먹으려고 여기 붙여놨나?"

할머니 이름은 우즈하라 가미코다.

손을 뻗어서 꼬꼬 볼에 묻은 밥풀을 떼준다. 간타의 명랑하고 쾌활한 성격은 어머니인 가미코한테서 물려받은 것이다. 가미코는 8남매의 장녀로 태어나 일찍 돌아가신 어머니를 대

19

신해서 동생들 콧물, 침, 코딱지에 똥오줌, 이까지 다 닦아주며 키웠다. 물론 맨손으로. 동생들을 무사히 다 키운 다음 서른이 되어서야 겨우 시집왔을 때는 치다꺼리를 해야 할 사람이 남편 하나뿐이라는 사실에 감동했다. 주부라는 게 정말 편하구나, 손을 이렇게 깨끗하게 둘 수 있다니 하는 생각이 채 가시기도 전에 아이를 연달아 일곱 명이나 출산했고, 모두 연년생이라 그 치다꺼리에 손은 금방 망가졌다. 제일 막내인 간타네 집에 얹혀사는 이유는 며느리인 시오리랑 제일 잘 맞아서다. 좁아터진 단지 주택이든 뭐든 아랑곳하지 않는다.

가미코한테도 꼬꼬는 그야말로 천사 그 자체다. 입이 좀 험하든 다소 모난 데가 있든 아무튼 눈에 넣어도 아프지 않은 손녀딸이다.

'언젠가 진짜로 그냥 확 눈에 넣어버리고 말까?'

할아버지는 우즈하라 이시타다.

고집 세고 비뚤어진 성격인 이시타를 연상인 부인, 가미코가 따스하게 감싸주면서 살고 있다. 이시타는 막둥이였다. 태어나자마자 황달에 걸린 일이 있어서 온 가족이 오냐오냐하면서 키우는 바람에 자기 멋대로 자랐고, 성미도 보통 까다로운 게 아니다. 그런 이시타는 꼬꼬가 가족들 중에서 유일하게 존경해주어도 괜찮다고 생각하는 인물이다.

이시타는 끝도 없이 책을 읽는다. 이런 좁아터진 단지 주택에서 너무하는 것 아닌가 싶을 정도로 책을 대량으로 사들인다. 소설, 르포, 사진집, 요리책, 사전, 백과사전 등등 아무거나 산다. 요컨대 글자를 좋아하는 것이다.

그리고 이시타는 꼬꼬처럼 자신을 선택받은 사람이라고 생각한다. 그래서 선택받은 인간 특유의 우수에 찬 시선으로 세상을 바라본다. 그런 이시타에게 아들인 간타나 며느리인 시오리, 아내 가미코의 속없는 명랑함은 종종 진저리가 나는 것이다. 당연히 귀여워야 할 세쌍둥이도 마찬가지다.

'아유, 시끄러워. 뭐가 이리 귀찮아.'

어린 나이에도 꼬꼬는 할아버지의 그런 속내를 느낄 수가 있다.

'할아버지는 다른 식구들하고 달라.'

이시타도 꼬꼬에게 공감하고 남몰래 기대하고 있다.

'고토코는 큰 인물이 될지도 몰라. 그런데 큰 인물이라면 그게 뭘까?'

이시타는 아내가 담근 단가지 절임을 아주 좋아한다.

'왜냐하면 고토코는 나를 닮았으니까.'

이시타는 단가지를 씹으면서 꼬꼬를 바라본다.

"맥립종의 통칭이다. 눈 다래끼라는 이름 말이다."

"맥립종?"

꼬꼬는 할아버지의 입에서 나온 말에 깜짝 놀란다. 이시타가 말을 하면 명조체로 된 글자가 허공에 떠도는 것 같다. 무슨 말을 하든. 꼬꼬는 그걸 붙잡아서 한 글자씩 받아먹고 씹는다. 이시타가 내뿜는 글자는 무척 맛있다.

'맥립종'도 내 자유 공책에 써놓아야지.

아이들이 멍청하게 '눈 다래끼'라고 하고 폿상은 '다래기눈'이라고 불렀지만 나 혼자만은 '맥립종'이라고 해야지. 바로 내일.

"메구미야, 맥립종 상태는 좀 어때?"

그런 말을 내뱉고서 유유히 그 자리를 떠나는 자기 모습을 상상하며 황홀한 표정을 짓는 꼬꼬. 볼에 또 밥알이 붙었다.

"여기 또 밥알이 있네."

사방에서 뻗어오는 손가락에 꼬꼬는 몸을 움츠린다.

'아유 시끄러워. 뭐가 이리 귀찮아!'

단가지 절임이 원탁을 빙글빙글 돌고 있다. 수요일 밤이었다.

"메구미야, 복록수福祿壽* 상태는 좀 어때?"

"어?"

종이 치기 직전에 꼬꼬에게 그런 질문을 받은 고다 메구미

• 칠복신 중 하나. 인덕, 장수, 부귀영화를 상징함.

는 놀라는 기색을 숨기지 못했다.

꼬꼬가 다가오는 모습을 보았을 때부터 막연하게 느꼈던 불안. 그렇게 메구미는 마음이 동요한 채 하루의 시작을 맞이했다.

'맥립종'을 '복록수'로 말해버린 것은 꼬꼬만의 잘못이 아니다. 아니, 그래도 역시 '맥립종'을 메모해두었던 자유 공책을 집에 놓고 왔고, 틀림없이 받아먹고 곱씹어서 자기 것으로 만들었던 '맥립종'을 대변과 함께 소다색 변기에 흘려버리고 말았던 꼬꼬의 잘못이라고 해야 할까?

사실 꼬꼬는 B동을 나서자마자 알아차렸다.

'아차! 자유 공책을 잊어버리고 왔잖아!'

그러나 그때는 벌써 매일 아침 C동 귀퉁이에서 만나 같이 등교하는 폿상이 꼬꼬를 향해 손을 흔들고 있었다.

"고…… 고…… 고토코, 아…… 아…… 안녕."

모두들 하나같이 '꼬꼬'라고 부르는데도 할아버지와 폿상만은 '고토코'라고 부른다.

이시타는 '꼬꼬'라는 경박한 글자보다 자신이 직접 지은 '고토코'라는 아름다운 글자의 이름이 더 좋아서 그러는 것이지만 폿상은 말을 더듬는 문제 때문에 그렇다. '꼬꼬꼬꼬' 하고 시작했다가는 멈추지 못하게 되는 것이다. 폿상의 말에 따르면 가운데 있는 '토'가 마침 맞게 그걸 막아준다고 한다.

'맥립종…… 이지.'

꼬꼬는 마음속으로 정했다. 공책을 잊어버렸다면 머릿속에 단단히 새겨두면 된다고.

꼬꼬랑 폿상은 같이 걷기 시작했다.

"호…… 호…… 혹시, 어…… 어제, 마…… 마…… 말발굽 소리, 아…… 아…… 안 들렸어?"

꼬꼬는 평소 같으면 폿상의 말투가 멋있고, 아주 듣기 좋게 느껴져서 열심히 이야기를 듣는 편인데 오늘은 맥립종, 맥립종, 하며 그 단어를 머리에 새기느라 여념이 없어서 폿상이 하는 이야기에 귀를 기울일 여유가 없었다.

"뭐…… 뭐…… 뭐가, 또각, 또각, 하…… 하는데, 그…… 그게, 사…… 사슴, 발굽 소리인가 했는데, 어…… 어쩜, 수…… 수…… 수노인壽老人*이 온 게 아닌가, 하…… 하는, 새…… 생각이 들어서."

폿상은 수노인을 무척 좋아한다.

복을 주는 일곱 신 중의 하나인 수노인 말이다.

폿상은 옛날에 맞벌이하는 부모님이 시켜서 다섯 살 많은 형이랑 같이 신단에 놓여 있는 칠복신의 신상을 청소한 적이

---

* 칠복신 중 하나. 장수와 지혜를 상징함.

있었다.

신단은 부엌에 설치되어 있었는데 오랫동안 청소를 하지 않아서 칠복신은 끈적끈적한 먼지로 뒤덮여 누가 어떤 신인지 분간조차 할 수 없는 상태였다.

다섯 살 위인 형이 세제를 묻힌 천으로 신들 중 하나를 닦아 내고 보니 그건 대흑천大黑天*이었다. 대흑천은 이상한 두건을 쓰고 이상한 자루를 지고서 이상한 방망이를 들고 이상한 쌀섬 위에 서 있었다.

"대흑천님."

폿상의 형은 과묵한 사람인데 동시에 아주 총명한 사람이기도 했기 때문에 모습을 드러낸 신이 누군지 폿상에게 가르쳐 주었다.

두 번째를 닦아내 보니 포대님布袋**이었다.

"포대님이야."

포대님도 이상한 포대를 짊어지고 이상한 부채를 들고 이상하게 벌거벗은 모습에다 이상한 대머리였다.

세 번째가 수노인이었다. 수노인은 지팡이를 쥐고 약간 벗겨진 얼굴로 싱글벙글 웃으면서 아름다운 사슴을 데리고 있었다.

● 칠복신 중 하나. 인격, 관용, 인내를 상징함.
●● 칠복신 중 하나. 금전운, 자손 번성을 상징함.

"수노인이다."

폿상은 그때까지는 그냥 못되게 생긴 포대님이나 대흑천에 비해 아주 마음이 착한, 아니 정확하게는 참 속 편해 보이는 신이구나 하는 생각을 했을 뿐이었다.

"수노인."

그때 신기한 일이 생겼다. 다섯 살 많은 폿상의 형이 걸레로 닦아낸 네 번째 신도 수노인이었던 것이다.

"수노인."

다섯 번째도.

"수노인."

"수노인."

여섯 번째, 그리고 일곱 번째도. 칠복신 신상은 대흑천이랑 포대님이랑 다섯 명의 수노인으로 이루어져 있었다.

다섯 살 많은 형은 너무 이상해서 말을 잃었고, 폿상은 똑같이 웃는 얼굴로 똑같은 사슴을 데리고 있는 수노인 다섯 명에게서 눈을 뗄 수가 없었다.

이건 뭔가 대단한 인연이야, 틀림없이.

그 후로 폿상은 수노인에 대해서 열심히 조사해보았다. 그리고 수노인이 술을 좋아하고 머리카락이 길고, 성격 설정이 복록수하고 겹치는 부분이 많아 한때는 칠복신에서 빠지기도 했다는 사실을 알게 되면서(폿상은 특히 머리카락이 길다는 부분

26

을 아주 마음에 들어했다) 한층 더 수노인을 좋아하게 되었다.

그 뒤로 여러 가지 우여곡절을 거쳐 풋상은 수노인을 산타클로스나 뭐 그런 존재처럼 생각하게 되었다. 그런 결론에 도달하기까지 풋상의 감정이 어떻게 변해왔는지는 알 수 없지만, 풋상이 다섯 살 때 맞벌이를 하는 부모님이 "산타클로스는 기독교를 믿는 집에만 오는 거란다" 하고 조용히 선언하고 정토신종을 믿는 풋상에게 크리스마스 선물을 거부했던 몇 년 동안의 일이나, 매우 사람 좋은 노인으로 보이는 수노인의 외모 때문에 상상의 날개를 펼치게 되었으리라 짐작한다.

풋상은 수노인이 언젠가 자기에게 뭔가 좋은 선물을 갖다 주지 않을까 하고 목을 길게 빼고 기다리게 되었다. 산타클로스처럼 선물을 주는 날이 딱 정해져 있지 않다는 점이 좀 문제였지만, 그런 만큼 받았을 때의 기쁨과 놀람이 더욱 클 것이라고 풋상은 생각한다.

그 이야기는 물론 꼬꼬도 알고 있었고, 칠복신의 유래나 성격 설정이나 풍모를 자세하게 설명하는 풋상을 다시금 깊이 존경하게 되었다.

"또…… 또각, 또각, 했거든. 그…… 그건, 트…… 틀림없이, 발굽 소리야."

안타깝게도 사실 그 소리는 수노인이 데리고 다니는 사슴 발굽 소리가 아니라, 술집 '기사라기'에 다니는 A동 1층의 다케다 도미에 양이 술에 취해서 하이힐을 또각거리며 귀가하는 소리였다. 하지만 이불 속에 있던 폿상이 꿈에 부풀어 가슴이 두근거린 것도 충분히 이해가 되는 일이다.

"우…… 우리 집, 그…… 그냥, 지나갔는데. 아…… 아직, 서…… 선물, 모…… 모…… 못 받는 건가? 지…… 지팡이, 갖고, 시…… 싶다는 게, 너…… 너무, 심한, 요…… 욕심이었나?"

폿상이 갖고 싶은 건 지팡이다.

수노인이 들고 있는 그 지팡이가 갖고 싶은 것이다.

폿상은 원래부터 길을 가다가 긴 나뭇가지가 보이면 그걸 꺾어서 땅바닥을 툭툭 쳐보기도 하고, 금속으로 된 울타리에 그걸 부딪치며 소리를 즐기곤 하는 풍류인이었다. 그렇기에 신들에게 정말 어울릴 법한 소지품인 수노인의 지팡이에 더욱 강하게 매혹되었다.

다른 사람한테 뭔가를 가르쳐줄 때도 땅바닥에 그 지팡이로 그림 같은 걸 그리면서 설명하면 편리할 테고, 좀 떨어진 곳에 있는 사람을 부를 때도 그 지팡이로 툭 치면 굳이 말을 할 필요가 없어진다.

그리고 무엇보다도 그 지팡이가 정말 멋있지 않은가.

"지…… 지팡이란 건 말이야, 우리 혀…… 형한테 물어보니까, 으…… 의지가 되는 무…… 뭔가를 비유하는 마…… 말이기도 해. 비…… 비유가, 뭐……뭔지, 알아, 고…… 고토코?"

"맥립종, 맥립종."

사실 꼬꼬는 폿상의 이야기를 정말로 듣고 싶었다. 하지만 머릿속이 '맥립종'에만 사로잡혀 있어 좀처럼 집중할 수가 없었다. 심지어 지금은 '맥립종'이 눈 다래끼의 다른 이름이라는 사실조차도 완전히 잊어버린 채 그저 고다 메구미한테 '맥립종의 상태는 어때?' 하고 물어봐야 한다는 강박관념에 사로잡혀 움직이고 있을 뿐이다.

"고…… 고…… 고토코, 매…… 맥립종이, 아…… 아냐. 저…… 전에, 내…… 내가, 마…… 마…… 말했잖아. 수노인하고, 서…… 성격이 비슷한 건, 보…… 복록수야."

"복록수?"

꼬꼬의 머리는 이제 새로 산 것인데도 구멍이 뻥 뚫려 있는 양동이처럼 되어버렸다.

"그…… 그래. 보…… 복록수."

"복록수, 복록수."

"뭐…… 뭐야. 고…… 고토코는, 보…… 보…… 복록수가, 더…… 더 좋은 거야?"

"복록수, 복록수, 복록수."

"너…… 넌, 배…… 배신자야."

꼬꼬의 잘못이 아니었다.

"복…… 뭐라고?"

고다 메구미가 그렇게 물었을 때 꼬꼬는 이미 자기 자리를 향해 척척 걸어가고 있었다.

'내가 드디어 말했어!'

고다 메구미의 안대를 보고서야 겨우 '복록수'가 '다래기 눈'(폿상의 영향을 잘 받는다)의 별명이라는 사실이 기억나기는 했어도 어쨌든 꼬꼬는 드디어 해낸 것이다.

'고다 메구미도 아마 깜짝 놀랐을걸!'

고다 메구미는 안대를 한 멋진 얼굴을 갸우뚱하더니 포기했는지 그냥 자리에 앉았다.

'전부터 그런 생각을 했지만 꼬꼬는 좀 엉뚱한 애 같아.'

한편 폿상은 담임 선생님이 출석을 부르기 시작한 뒤에도 계속 수노인에 대해 생각하고 있었다.

'나한테 그 지팡이를 주면 좋겠는데.'

폿상도 머릿속으로는 유창하게 말을 한다.

이불에 내리깔린 모양새로 빼꼼히 얼굴을 드러내고 있던 꼬꼬의 공책을 찾아낸 사람은 세쌍둥이 중 세 번째인 도모미. 학교에서는 수예부에 소속되어 있고, 꼬꼬한테 핑크색 실로 단추를 달아주는 언니다.

언니들과 동생이 몸만 쏙 빠져나온 이부자리를 아침에 개는 일도 도모미 몫이다. 같은 방을 쓰는 리코랑 마코는 각각 농구부와 소프트볼부의 아침 연습이 있기 때문에 도모미랑 꼬꼬가 일어나기 한 시간 전에 벌써 집을 나선다.

수예부에는 아침 연습이 없다. 리코랑 마코와 같이 학교에 등교하고 싶었던 도모미가 언젠가 한번 다마사카 부장한테 아침 연습을 하자고 제안했더니 "미쳤냐?" 한마디로 끝내버렸다.

"옛날부터 바느질은 밤새서 하는 건데."

다마사카 부장은 네모난 아날로그 시계 같은 얼굴을 하고 있다. 거기에 네모난 안경까지 끼고 있어서 인상이 아주 규칙적이다. 앞치마에다 불사조, 우산 겸 양산에다 11면 관음상 등등 수놓는 실력도 출중하다. 중학교 3학년 여자애인데 벌써 '시어머니'라는 별명을 가지고 있다. 기술, 관록, 어느 면으로 보나 부장이라는 호칭에 더할 나위 없이 적합한 인물이다.

그리고 수예부 하면 떠오르는 부드럽고 따스한 이미지를 밑바닥부터 뒤집는 엄격한 사람이기도 하다. 예를 들어 즐겁게 재잘거리면서 수를 놓거나 재봉질을 하는 것 따위는 용서치 않는다.

"바늘을 들고 있다는 사실을 반드시 염두에 두도록! 잘못하면 죽어!"

도모미가 다니는 중학교에는 '요리부'도 있다. 수예부나 요리부나 둘 다 부원이 적으니까 그 둘을 통합시켜서 '가정과부'로 하면 어떻겠느냐고 학교에서 제안한 적이 있었는데 그 의견에 강력하게 반대해서 주장을 관철시킨 사람도 다마사카 부장이었다.

"불을 쓰는 데랑 바늘을 쓰는 데랑 같다고 생각하시면 곤란합니다."

그 말투는 그야말로 고집 센 시어머니 그 자체였다. 하지만 도모미는 '아무려면 어때' 하는 전체적인 학교 분위기에 철저하게 대항하는 다마사카 부장을 정말 멋있다고 생각하고 있고, 리코나 마코도 동감한다.

"그 사람은 가끔씩 그림자가 다른 사람보다 커 보일 때가 있어, 그치?"

다마사카 부장은 학교가 끝나고 여섯 시까지 하는 수예부 활동을 '삯바느질'이라고 부르는데, 이는 전혀 어색함이 없는 표현이다. 실제로 네 명 있는 부원들이 말없이 바늘을 움직이는 모습을 보면 '즐거움'이나 '배운다'는 가벼운 분위기는 전혀 풍기지 않는다. 그저 '입에 풀칠하기 위해' '내 손으로라도 벌어야지' 하는 삯바느질의 절실함이 묻어나올 뿐이다.

세쌍둥이랑 꼬꼬가 쓰는 여름 이불 커버에 수를 놓은 것도 도모미다. 리코의 이불에는 바람과 천둥의 신, 마코의 이불에는 춤추는 학과 거북이, 도모미 자신의 이불에는 용과 호랑이가 싸우는 모습이 수놓여 있다. 물론 다마사카 부장이 낸 '과제 제작'이다. 다마사카 부장이 만든 작품의 정밀함에는 미치지 못하지만 모두 당장에라도 살아 움직일 듯 생생하다.

"좀 더 귀여운 걸 만들면 안 되니? 아기 고양이가 털실을 가지고 노는 모습이라든지, 뭐 그런 거 말이다."

할머니한테 그런 소리를 들은 적도 있지만 리코도 마코도 심지어 꼬꼬까지도 이 이불 커버의 자수를 마음에 들어한다.

도모미는 졸린 눈을 비비면서 이불에서 나가는 리코와 마코한테 미안한 마음도 있고, 한편으로는 혼자서만 뒤떨어진 것 같은 외로움을 느끼기도 하지만 그래도 마음에 드는 이불 속에서 한 시간이나 더 잘 수 있는 자기 처지에는 감사하고 있다.

사실 다다미 여섯 장 크기의 작은 방이라 이부자리를 네 개나 펴기에는 한계가 있어서 꼬꼬가 바람과 천둥의 신, 학과 거북이, 용과 호랑이 중 어느 한 이불에서 같이 자게 되었는데, 리코나 마코 때문에 잠이 깨는 걸 싫어한 꼬꼬가 자연스럽게 도모미랑 자게 되었다. 그렇게 동생이 자기 이불에서 함께 자 주는 것이 도모미는 마냥 좋았다.

용과 호랑이의 수호를 받으며 자는 꼬꼬에게서는 바람에 마른 꿀처럼 달콤한 냄새가 났다. 더구나 믿을 수 없을 정도로 말랑말랑하고 보들보들하다.

그런 행복을 생각하면 방 안의 이부자리를 개는 일 정도는 대수도 아니다.

그건 그렇고, 꼬꼬의 공책이 있다. '자포니카'라는 브랜드의 공책.

꽃줄기를 타고 오르는 개미를 커다랗게 찍어놓은 공책 표지가 약간 징그럽기는 하지만 생명력이 넘쳐흘러서 도모미는 손가락이 근질거리는 걸 느꼈다.

'저걸 수놓고 싶다…….'

개미 더듬이 끝에는 꼬꼬의 글씨로 '누구건 여는 걸 그맘'이라고 적혀 있었다. 이 문구도 할아버지가 가르쳐준 것이다. 띄어쓰기는 어렵고, 맞춤법도 제대로 몰라서 '금함'이 '그맘'으로 되어 있지만 한없이 고딕체에 가까운 꼬꼬의 글씨에는 박력이 있다. 마치 개미가 말하고 있는 것처럼 보이게 한 것도 나름 설득력이 있어 좋다.

그러고 보니 어젯밤 먼저 잠들어 있던 꼬꼬의 손에 연필이 쥐어져 있는 것을 리코, 마코랑 같이 두근거리며 발견했다. 그건 잠자리에 누워서 자유 공책에 뭔가를 쓰고 있었던 흔적이리라. 물론 '맥립종'이라는 단어였지만.

꼬꼬가 가끔씩 뭔가를 이 공책에 적어놓는다는 사실을 도모미는 잘 알고 있었다. 이 공책이 꼬꼬에게 아주 소중하다는 사실도 알고 있다. 그러니 '누구든지 여는 걸 그맘'이겠지.

지금 뛰어가면 꼬꼬랑 풋상을 잡을 수 있을까?

하지만 초등학교와 중학교는 완전히 반대 방향이다. 중학교는 걸어서 2분이면 가고, 초등학교는 10분 거리다. 게다가 오늘은 늦잠을 자는 바람에 이불 개는 작업이 남아 있는 도모미는 지각할 위기에 처해 있다. 그렇다면 그 작업을 엄마에게 부탁하면 되지 않느냐 생각하겠지만 그건 있을 수 없는 일이다. 각자의 이부자리는 각자가 알아서 개는 것이 우즈하라네 집의 엄격한 규칙이다. 집안일이 하나라도 더 늘어나는 날에는 엄마의 귀는 새빨개진다. 희귀병 아닌가?

도모미는 그냥 포기하기로 했다.

그리고 이불을 개서 장롱에 넣은 다음 공책을 집었다. 어딘가에 숨겨줄까 하는 생각도 들었지만, 아아, 이 멋진 개미의 모습이 마음을 사로잡았다. 칠흑처럼 검게 빛나는 눈, 당장이라도 움직일 것만 같은 튼튼한 다리, 똑바로 뻗은 더듬이에서 도모미는 눈길을 뗄 수가 없었다.

'수놓고 싶다……!'

하필 오늘 수예부 활동은 '자유 제작'이었다. 도모미는 조금 있으면 생신을 맞이하는 할머니를 위해 리코, 마코랑 같이 돈을 모아서 하늘색 베레모를 선물하려고 계획하고 있다. 이걸 그 옆에 수놓으면 기성제품에서는 찾아볼 수 없는 한 차원 높은 멋진 모자가 될 것이다.

'꼬꼬, 미안해!'

도모미는 꼬꼬의 공책을 자기 가방에 넣고 집에서 뛰어나
갔다.

"다녀오겠습니다!"

거실에 남아 있는 사람은 시오리, 가미코, 이시타다. 진홍색
원탁은 여전히 거실을 꽉 채우고 있다.

"방금 나간 게 리코인가?"

"아니에요, 아버님. 방금 걔는 도모미죠. 리코하고 마코는
둘 다 벌써 학교에 갔지요."

"어째서 도모미만 늦게 나가는 게냐?"

"어머님도 참. 전에 말씀드렸잖아요. 리코랑 마코는 아침 연
습이 있다고."

"아침 연습이라니?"

"운동부요."

"무슨 운동?"

"소프트볼이랑 농구요."

"순 공놀이구먼."

시오리는 빨래를 시작하려고 자리에서 일어났고, 가미코는
아침상을 치우려고 돌아다니면서 각자 좋아하는 노래를 흥얼
거린다. 시오리는 '푸른 산호초', 가미코는 '푸른 산맥'이라는
노래다. 어쩌다 보니 둘 다 푸른 타령이다. 그리고 보니 곧 여

름이기도 하다.

이시타는『관엽식물도감』을 펼쳤다. 반들반들한 관엽식물의 아름다운 사진을 감상하려는 게 아니다. 식물의 이름을 눈으로 따라가는 게 즐거워서다. 안투리움 클라리네비움Anthurium clarinervium, 피커스 벤자미나Ficus Benjamina, 벤자민 고무나무, 아펠란드라 스콰로사 다니아Aphelandra squarrosa cv.'Dania'. 식물의 이름은 그리스 신화에 나오는 신들처럼 아름답기만 하다.

이시타는 대개 소리 없이 묵독하는 편인데 가끔씩 마음에 드는 말이 있으면 소리 내서 읽는다. 혀 위에서 그 소리를 굴리면 글자는 기뻐서 어쩔 줄을 모르는 것처럼 귀엽게 몸을 비트는데 그 모양이 이시타에게는 사랑스럽게 느껴진다.

"산세비에리아 트리파스키아타Sansevieria trifasciata."

"네에? 산새가 어떻다고요?"

"시끄러워, 멍청이 같으니."

이시타는 예술을 이해하지 못하는 가미코를 보고 있으면 짜증이 난다. 오늘은 그나마 나은 편이다. 언젠가는 케이프코드Cape Cod*라고 말한 이시타에게 "그렇죠?" 하고 맞장구를 쳐온 적도 있었다.

'덜떨어져서는!'

● 미국 지명.

이시타가 이러쿵저러쿵하더라도 가미코는 전혀 개의치 않는다. 저~푸~른 사안~맥~이 거실을 굴러가서 이시타의 디지고데카 엘레간티시마Dizygotheca elegantissima를 만난다.

각각의 글자는 생각보다 사이좋게 잘 어울린다.

"우즈하라, 이게 뭐냐?"

4교시는 미술이다. 오늘은 지점토로 자기 얼굴을 만들어보는 시간이었다.

"이건 우즈하라, 네 얼굴이 아니라 무슨 아저씨 주먹같이 보이는데."

"시끄러워, 바보야."

꼬꼬는 조건반사적으로 그렇게 말하고 난 뒤에 약간 자세를 바로 했다.

"원근감을 알 수가 없어서요."

꼬꼬는 드디어 안대를 손에 넣었던 것이다.

아빠도 엄마도, 이번에는 할아버지조차도 도움이 안 되었다. 집에 안대가 없다는 사실에 낙심한 꼬꼬는 학교 양호실로 시선을 돌렸다.

예전에 '모탄'이라는 별명의 친구가 벌에 쏘여서 양호실에 갔는데, 나중에 교실로 돌아온 모탄 팔에는 붕대가 감겨 있었다. 꼬꼬는 그것을 보고 그 새하얀 붕대에 마음을 빼앗겼다.

다만 그때는 그길로 양호실에 쫓아가 붕대를 감아달라고 졸라대는 바람에 실패하고 말았다.

"다친 데도 없잖아."

꼬꼬도 바보가 아니다. 다만 좀 지나치게 흥분했을 뿐이다.

이번에는 심사숙고했다. 2교시 끝나고 쉬는 시간에 양호실로 찾아간 꼬꼬는 필사적으로 윙크를 해대면서 "오른쪽 눈이 떠지지 않아요" 하고 호소했다.

양호실의 사와 선생님은 꼬꼬네 엄마 정도의 나이로 보이지만 실제로는 쉰 살이다. 미혼, 레즈비언. 커밍아웃은 하지 않았지만 꼬꼬네 학교 선생님들은 모두 그 사실을 알고 있다. 머리를 아주 짧게 바짝 깎고, 금테 안경을 쓰고, 홈파티를 좋아하고, 김밥을 잘 만든다. 아보카도까지 넣은 아주 화려한 김밥이다.

"눈을 뜰 수가 없다니? 먼지라도 들어갔나?"

"모르겠어요. 다래기 눈 같아요."

오른쪽 눈만 계속 감고 있으려니까 눈가가 떨릴 지경이었지만 그래도 꾹 참았다.

"다래기 눈? 아아, 눈 다래끼?"

"아, 맞아요."

나중에 폿상을 혼내줘야겠군. 여기서도 "복록수, 라고도 하지요"라고 말해서 사와 선생님을 놀라게 해주고 싶었지만, 그

것도 꾹 참았다.

"가렵니?"

"네."

"아프고?"

"네."

"잠깐 좀 보자."

사와 선생님은 꼬꼬의 눈을 열심히 들여다본다. 힘을 주어서 윙크를 한 보람이 있었는지 꼬꼬의 눈은 살짝 불그스레해져 있었다.

"눈 다래끼는 아니지만 좀 충혈이 되어 있네. 결막염인지도 모르겠다."

'결마겸?'

꼬꼬는 그 말에 자기가 새로운 병에 걸린 게 아닐까 하는 기대를 품는다. 그런데.

'결마겸이라니, 뭔가 좀 찜찜한데.'

아무래도 뭔가를 막는 '마개' 같은 이미지의 말이다. 꼬꼬는 혹시 모르니까 다른 애들한테 그 말을 하지 않기로 했다. 아무래도 끝까지 '눈 다래끼'로 밀고 나가는 게 상책이다.

"그럼 안약 좀 넣어줄까?"

"아뇨, 안대를 하면 괜찮아질 것 같은데요."

뜻하지 않은 선생님의 제안에 놀라는 바람에 꼬꼬는 자기도 모르게 목적을 불어버리고 말았다. 하지만 사와 선생님은 별로 의심하는 기색이 없다.

"하긴, 눈을 뜰 수 없는 거면 안대를 하는 편이 나을 수도 있겠구나."

선생님의 정신은 이미 주말에 벌일 홈파티 쪽으로 날아가 있었다. 마음이 한껏 들떠 있었다. 친구가 젊고 귀여운 여성들을 세 명 정도 데리고 온다고 했다. 다들 김밥을 좋아하는 사람이어야 할 텐데.

"자, 여기 있다. 이거 쓰고 있다가 나중에 집에 가면 부모님한테 말씀드려서 꼭 안과에 가봐야 해."

이런 꾀병을 알아차리지 못하다니, 사와 선생님은 레즈비언 천사다.

꼬꼬는 이렇게 해서 안대를 손에 넣었다.

교실로 돌아가는 꼬꼬는 잔뜩 흥분해 있었다. 고다 메구미 때 다른 애들이 보였던 흥분, 불쌍하다고 어른들이 동정하는 목소리, 아무도 내가 '원근감'을 느끼지 못한다는 걸 알아줄 수 없다는 고독, 그 모든 것을 이제 자기가 누릴 수 있다!

"꼬꼬도 안대 했네!"

꼬꼬가 교실로 들어서자, 아니나 다를까, 다른 애들이 주위를 둘러싸고서 난리를 쳤다.

"그렇게 됐어……."

"정말이야? 그럼 진짜로 옮는 건가 보네. 눈 다래끼 말이야."

"나도 좀 옮게 해줘, 나두 나두!"

"……혼자 있게 내버려둬."

본심은 전혀 '혼자 있게 내버려둬' 상태가 아니었다. 얘들아, 나 좀 봐, 나를 보라고! 꼬꼬는 기분이 아주 좋았다.

고다 메구미가 조용히 꼬꼬 쪽으로 와서 "미안해. 내 꺼가 너한테 옮았나 보구나" 하고 사과해주었다. 아아, 이럴 때조차도 어른스러운 고다 메구미. 그런 행동에 다들 새삼 존경하는 눈빛으로 고다 메구미를 바라보았다. 어딘지 모르게 우월감에 사로잡힌 꼬꼬는 겸손한 고다 메구미에게 아주 부드럽고 엄숙하게 말했다.

"괜찮아, 나도, 어차피 다래기 눈에 걸릴 것 같은 상태였으니까……."

'다래기 눈'이라는 말의 원흉인 풋상 혼자서만 이렇게 생각하고 있다.

'저 녀석, 결국 해냈네.'

생각할 때는 말이 유창하다.

그렇게 해서 꼬꼬는 3교시 산수 시간부터 안대를 하고서 수업을 받았다. 담임 선생님이 "어, 너도 눈 다래끼야?" 하고 물었지만 꼬꼬는 슬픈 표정으로 말없이 미소만 지었다.

한쪽 눈으로만 본 숫자들, 7이나 4나 3은 칠판 위에서 하얗게 빛을 내면서 평소보다 멋있고 귀하게 보였다. '저 숫자들은 이 세상의 신비를 품고 있어.' 그런 생각이 들었다. 아아, 숫자들. 그래도 산수 문제의 답은 전혀 알 수가 없었다.

하지만 꼬꼬는 무엇보다 미술 시간이 기다려졌다. '원근감'을 느끼지 못하는 자신의 모습을 연출하는 데 아주 딱 맞는 시간이 아닌가. 오늘은 체육이 없기 때문에 '체육복을 입고 안대를 하고서 한쪽에서 쉬는' 연출을 할 수 없는 것이 아쉬웠지만 지점토로 '내 얼굴'을 만드는 미술 시간이 있다. 그때 이상한 모양을 만들면 다른 애들이 '역시 안대를 하면 원근감이 없구나! 정말 불쌍한 애야!' 하고 생각해주겠지.

하지만 결과적으로 꼬꼬는 지점토 제작에 순수하게 몰두해버리고 말았다. 왜냐하면 꼬꼬는 예술을 사랑하기 때문이다.

그 점에 있어선 할아버지인 이시타랑 닮았다. 이시타는 꼬꼬가 이제 갓 보행기에 앉기 시작했을 때부터 집에 있는 피카소와 고갱, 마티스 등의 화집을 꼬꼬에게 보여주었다.

어느 날, 꼬꼬가 피카소의 화집을 손가락질하며 "게르니카!"라고 외치고는 하염없이 울었다는 에피소드가 있는데, 꼬꼬는 그 이야기가 좋아서 종종 이시타에게 해달라고 보채곤 했다. 그 이야기를 들을 때면 꼬꼬는 역시 자기가 다른 사람들하고 격이 다르다고 생각할 수 있었다. 이야기해주는 이시타 역시 손녀의 남다름을 새삼 확인하곤 했다.

'고토코는 큰 인물이 될지도 몰라. 그런데 큰 인물이라면 그게 뭘까?'

꼬꼬는 유치원 때부터 이미 그 재능을 유감없이 발휘했다. '아버지'라는 주제로 꼬꼬가 그린 그림은 간타가 깎았던 하얀 손톱이었고, 젓가락으로 동물을 만들었을 때는 40개 정도를 가로로 붙여놓고는 '아주 긴 놈'이라고 했다.

복숭아반을 맡았던 유카리 선생은 꼬꼬의 작품을 칭찬해주었다. 꼬꼬는 마음속으로 '살랑살랑 꼬리 칠 줄만 아는 여자인 줄 알았더니 그래도 보는 눈은 있네'라고 생각했다.

'살랑살랑 꼬리 친다'는 말이 선생님한테 실례이긴 하지만 실제로 그 선생님은 그랬다. 유카리 선생은 유치원에서 일하는 남자 직원 두 명하고 동시에 관계를 맺고 있었다. 애들도 어린 마음에 벌써 유카리 선생의 보통이 아닌 음탕함을 알아차리고 있었고, 그래서 남자 직원들 중 누군가가 교실로 찾아왔을 때 두 어른이 눈앞에서 끈적끈적한 농담을 주고받아도 못 본 척했다.

그렇게 어른 같은 너그러움을 가지고 있어도 다들 여전히 어린애들이었다. 그래서 그림을 그려도 하나같이 귀엽고, 유카리 선생이 미소 지을 정도로 알맞게 서툴렀다. 그런데 꼬꼬의 작품만은 달랐다. 예를 들어 '이건 현대미술 작품이니 100만 엔 내고 사가시오'라는 말을 들어도 '하긴 이 정도의 힘과 난해함이 들어 있으니 작품이라고 하겠지' 하고 납득할 만한 무언가가 있었다. 유카리 선생은 그 무언가를 아주 순수하게 칭찬해주었던 것이다.

'그에 비해서······' 하고 꼬꼬는 생각했다.

'지비키 선생은 센스가 없어서 틀렸어.'

지비키 선생은 서른한 살의 남자 교사인데 결혼도 하지 않고, 별다른 사회 경험 없이 교사가 된 사람에게서 볼 수 있는 특유의 흐리멍덩함이랄까, 만사에 배려하고는 거리가 먼 분위기를 가진 인물이다. 그런 부분이 느긋하고 그릇이 큰 인간이라는 오해를 불러일으켜서 학부모나 다른 교사들, 나아가서는 아이들한테도 아주 인기가 많다.

언젠가 꼬꼬가 폿상한테 어째서 지비키 선생은 저렇게 인기가 많은지 모르겠다는 말을 한 적이 있었다.

"지······ 지······ 지비키는, 마······ 말이야, 우······ 우리한테 자······ 잘 보이려고, 하······ 하지 않는 게, 그······ 그게, 좋······ 좋은 점이야."

'그렇군.'

꼬꼬는 무슨 뜻인지 이해할 수 있었지만 그래도 위에 말한 그 이유 때문에 여전히 지비키 선생을 바보 취급하고 있었고, 한편으로는 '참, 나쁜 사람은 아닌데' 하며 안타깝게 여기는 면도 있었다. 사실, 따지고 보면 '시끄러워, 바보야'라는 꼬꼬의 버릇없기 짝이 없는 말투를 아무렇지도 않게 받아들이고, 심지어는 귀엽게 봐주는 지비키 선생은 상당히 대단한 인품을 가진 셈인데, 아쉽게도 꼬꼬는 그 점에 대해서 알아차리지 못했다.

여자애들 중에는 조숙한 아이들도 있어서 지비키 선생의 눈을 끌려고 "선생님, 결혼 안 해요?" "선생님은 어떤 여자가 좋아요?" 하며 귀여운 척 눈짓을 하고 고개를 갸웃거리는 등 이런저런 술수를 쓰곤 하는데, 지비키 선생은 앞니밖에 칫솔질을 안 하는 입을 커다랗게 벌리고서 하품을 하기도 하고, "어~, 어" 하며 대답을 하는 건지 신음을 하는 건지 알 수 없는 소리를 내기만 할 뿐 전혀 아랑곳하지 않았다.

지비키 선생한테는 사실 대학생 때부터 사귄 애인이 있었다.

그 사람은 지비키 선생보다 나이가 세 살 많아서 서른네 살이다. 삼재三災가 낀다는 아홉수를 너무 무서워해서 그 전해, 그 해, 그 다음 해까지 3년 동안 신당에 모셔놓은 병풍처럼 꼼짝도 않고 조용히 숨만 쉬면서 살았다. 그동안에는 무슨 이유 때문인지 계속 검은 옷만 입고 다녀서 회사 동료한테 '누가 돌아가셨나 보다' 혹은 '과부인가' 하는 오해를 사기도 했는데, 3년이 지나고 재앙에서 벗어났다고 믿는 순간부터 느닷없이 180도 바뀌어서 불새처럼 화려한 옷만 입게 되었다. 그리고 이제는 때가 되었다고 여기는 사람처럼 지비키 선생하고 결혼

하려고 안간힘을 쓰는데, 지비키 선생 쪽은 영 내키지 않는
모양이었다.

삼재뿐만 아니라 풍수지리에다 음양도에다 온갖 점괘까지
다 따지고 사는 여자였다. 데이트를 하러 갈 때도 "다음 대안
大安 날에는 남쪽으로 가요"라는 식이라 여러모로 귀찮고 번거
롭다. 아마 결혼이라도 하게 되면 서쪽에는 노란색을 두어야
한다는 둥, 오늘은 일진이 사나우니까 조심해서 다녀야 한다
는 둥, 무척이나 성가시게 굴 것이 틀림없다.

"우즈하라, 모탄이 한 것 좀 봐. 잘 만들었지?"

"시끄러워, 바보야."

모탄의 작품이 모탄 자신의 얼굴과 깜짝 놀랄 정도로 똑같
이 보인다는 사실은 꼬꼬도 알고 있다. 하지만 손재주가 있는
사람하고 예술가는 전혀 다르지 않은가.

모탄은 눈이 쑥 들어간 남자애인데, 겸손한 눈매에 반해 앞
으로 툭 튀어나온 앞니를 가지고 있다. 꼬꼬는 모탄의 얼굴을
볼 때마다 '도대체 어느 쪽이야?' 하는 생각이 들었다. 다 쑥
들어가든지, 아니면 다 툭 튀어나오든지, 어느 쪽이건 분명히
해주었으면 좋겠다.

모탄은 지비키 선생한테 칭찬을 들어서 기분이 좋은지 더
열성을 다해서 점토를 반죽하고, 이쑤시개로 세세한 표정을
만들어내고 있었다. 그 지점토 얼굴에도 원래 모습처럼 쑥 들

어간 눈에 툭 튀어나온 앞니가 재현되어 있었다. 현실 파악을 제대로 한 점은 훌륭하다는 생각이 들었다.

대조적으로 모탄 옆에서는 조숙한 여자애들 중 하나인 탓칭이 자기의 여우같이 쭉 찢어진 눈매랑 뭉툭한 주먹코를 고려하지 않고 완전히 '엄청 예쁜' 여자아이의 얼굴을 만들고 있었다.

아무리 무신경한 지비키 선생이라고 해도 그걸 보고 "탓칭, 네 얼굴하고는 전혀 다르잖아" 하고 말할 수는 없다. 여성이 가진 자의식이 얼마나 귀찮은 존재인지 나름대로 잘 알고 있기 때문이다. 탓칭은 아이돌 노래를 흥얼거리면서 열심히 지점토 조각상의 코를 높이고 있다.

꼬꼬는 꽉 쥔 아저씨 주먹 같다는 자기 작품을 가만히 바라보았다. 그러고 보니까 정말 꽉 쥔 주먹, 그것도 가냘픈 아가씨의 손이 아니라 항구 노동자의 단결을 나타내는 손처럼 보였다. 힘이 넘친다. 꼬꼬는 자기 작품에 감동했다. '원근감'이 없는 자기 상태를 연출하기 위해 일부러 만든 '일그러짐'이었지만, 그렇게 만들어진 것은 틀림없는 예술 작품이었다.

꼬꼬는 문득 어떤 생각을 떠올리고는 그 생각에 거의 감동을 느끼면서 '꽉 쥔 주먹'을 찌부러뜨렸다. 다시 새롭게 작품 제작에 임하려는 것이다. 모두가 깜짝 놀랄 만한 작품을 만들어야지. 꼬꼬는 지금 창작의 희열에 사로잡혀 있었다.

꼬꼬의 이마에 반짝이는 방울. 그건 분명 노동자의 땀이 아니라 예술가의 땀이다.

그리고 땀이 차서 짜증이 나자 눈에 했던 안대까지 풀어버렸다.

급식 시간. 3학년 2반 베란다에는 모두가 만든 '내 얼굴' 지점토 조각상이 죽 늘어서서 바람을 맞으며 마르기를 기다리고 있다.

모탄의 작품은 모탄이 작아져서 목만 달랑 남아 있는 것처럼 보이고, 탓칭의 작품은 2차원의 3차원화이고, 풋상의 작품은 당연히 멋진 수노인이다. 한편 꼬꼬의 작품은 커다랗게 펼친 손가락 여섯 개가 달린 손바닥이다. 손가락 안쪽에는 훌륭한 물갈퀴가 달려 있고 생명선까지 굵고 길게 그려져 있는 '내 얼굴'이다.

급식은 앞뒤 좌우의 책상들을 붙여서 같이 먹게 되어 있다. 꼬꼬네 그룹은 요코야마 세르게이랑 미키 나루미랑 코딱지 도리이랑 스가와라 아리스랑 고쿤까지 해서 여섯 명이다.

요코야마 세르게이는 꼬꼬 옆자리에 앉아 있는 남자애다. 갈색에 가까운 찰랑찰랑한 머리카락과 색소가 옅은 새파랗고 커다란 눈을 가지고 있다. 러시아인과 일본인의 혼혈이어서 키도 크고 코도 크다. 아홉 살 나이에 벌써 색을 밝히는데, 얼굴이 잘생겨서 여자애들한테 아주 인기가 많았다. 가끔씩 여자애들을 창가 커튼 뒤로 데리고 들어가서 그 청순한 팬티를 들여다보곤 한다.

꼬꼬는 세르게이를 질투하고 있다. 이성에게 인기가 많아서가 아니다. 꼬꼬는 그저 요코야마 세르게이가 혼혈이라는 점에 동경심을 품고 있는 것이다.

'엄마가 러시아인이라는 건 어떤 느낌일까?'

꼬꼬는 그런 상상을 해본다.

할아버지 말에 따르면 옛날에 일본이 전쟁에서 러시아를 무찌른 적이 있다고 한다. 그렇게 커다란 나라를 이겼다는 점 때문에 지금껏 일본 사람들은 터키인들로부터 존경을 받고 있다고 하는데 그 점을 요코야마 세르게이한테 말해서는 안 된다고 했다.

꼬꼬 앞에 앉은 아이는 미키 나루미다. 꼬꼬하고는 1학년 때부터 같은 반이었고, 바가지 머리에 크고 검은 눈을 가진 아이다. 특별히 이렇다 할 특징을 가진 여자애는 아니지만 수업 시간에 몸을 거의 접다시피 등을 구부리고 있을 때가 종종 있다. 도대체 뭘 하나 싶어서 꼬꼬가 들여다보면 뭔가를 써서 찢은 노트 조각을 아주, 아주, 아주 작게 접고 있는데 그게 무엇인지는 알 수 없었다.

코딱지 도리이는 언제나 코딱지를 후벼 파서 책상 끄트머리에 붙여놓는다. 물론 같은 반 여자애들은 하나같이 다 싫어하지만, 꼬꼬는 "꼬꼬야, 네 팬티 보여줘~" 하면서 징그럽게 다가오는 요코야마 세르게이보다는 그래도 코딱지 도리이가 낫다고 생각한다.

미키 나루미 앞에 앉아 있는 애가 스가와라 아리스다. 스가와라 아리스는 호르몬과 관계있는 병에 걸려서 아홉 살인데도 벌써 가슴이 봉곳이 솟아 있고, 생리도 한다. 그래서 꼬꼬네 학년은 보통 같으면 5학년 정도 되어야 받는 성교육 수업이라는 걸 일찌감치 받았다.

아기가 생기는 시스템은 몇 번을 들어도 영 막연한 게 도저히 알 수가 없었지만, 요코야마 세르게이는 혼자서만 "남자의 그거를 여자 거기에 넣었다 뺐다 하는 거야" 하고 귓속말로 소곤거린 다음 "우리 서로 보여주기 할까?" 하고 자꾸만 꾀는 바람에 꼬꼬는 아주 질려버렸다.

풋상은 '호르몬이 이상한 사람은 스가와라 아리스가 아니라 요코야마 세르게이다. 저놈은 벌써 제대로 발정기에 돌입했으니까' 하고 생각하고 있다. 역시 머리로 생각할 때는 말이 유창하다.

이른 나이에 '여성'이 된 스가와라 아리스의 다리 사이에서 한 달에 한 번씩 피가 흘러나온다는 사실은 꼬꼬를 경탄하게 만들었다.

"생리대라는 걸 차고 있어야 해."

스가와라 아리스는 침울하게, 하지만 조금은 우월감을 느끼는 것처럼 여자애들에게 설명해주었는데 그 '생리대'라는 말도, 스가와라 아리스의 어른스러운 표정도 공연히 꼬꼬를 짜증 나게 만들었다.

고쿤은 베트남 사람이다. 본명은 '구엔 반 고크'라고 한다. 이름이 세 단계로 나뉘어 있는 데다가 어떤 게 성이고 어떤 게 이름인지 모른다는 점만으로도 꼬꼬로서는 부럽기 짝이 없는데, 그게 다가 아니었다. 그보다 더 꼬꼬를 매료시킨 점은 바로 고쿤의 출생 배경이었다.

고쿤의 부모님은 난민이었다. 아버지는 열세 살 때, 어머니는 열 살 때 베트남에서 각자 부모님을 따라 정원이 열다섯 명인 보트에 오십 명이 타는 엄청난 악조건 속에서 출항했다가 일본 근처 해안까지 와서 풍랑을 만나 배가 뒤집혔다. 타고 있던 오십 명 중 열네 명이 죽었는데, 그중에는 고쿤네 외할아버지랑 친할머니가 포함되어 있었다. 고쿤의 어머니는 자기 아버지를, 고쿤네 아버지는 자기 어머니를 바다에서 잃고 만 것이다.

살아남은 사람들을 구해준 배가 일본 어선이었다. 그렇게 해서 생존자들은 재일在日 베트남 난민으로 살게 되었다. 고쿤네 부모님은 어른이 되어 결혼했고, 둘 사이에서 고쿤이 태어났다.

고쿤한테서 그 이야기를 들었을 때 꼬꼬는 현기증이 날 것
만 같았다. 꼬꼬가 원하던 '드라마'가 바로 그 이야기 속에 있
었으니까.

할머니, 할아버지가 난민.

함께 배를 타고 있던 사람들 중 다수 사망.

구엔 반 고크라는 이름.

부모님이 모두 베트남 사람이고, 이름도 완전히 베트남식이
지만 고쿤은 일본말밖에 하지 못한다.

"우리 아부지랑 어무니 같은 사람들을 '보트 피플'이라고 한
대!"

고쿤은 보통 애들보다 사투리를 더 심하게 한다. 예를 들면
보트 피플이라고 할 때도 고쿤의 발음은 "뽀~뜨 삐~플"이라
는 식이다. 혀가 길어서 그런가?

"너희 할아버지랑 할머니는 왜 베트남에서 도망쳤대?"

"'뽀르뽀또'라는 사람 때문에 그랬대!"

"그 사람 나쁜 사람이야?"

"그럼, 당연하지! 사람을 얼마나 죽였는데! 우리 할아부지
네도 너무 똑똑하고 그래서 뽀르뽀또가 죽여야 한다고 난리
였대!"

"왜 똑똑하면 죽여야 하는데?"

53

"그 '뽀르뽀또'라는 놈 생각에 똑똑한 사람들은 반란을 일으킬 거라는 거지! 바보 같은 놈들만 많아야 자기 마음대로 휘두를 텐데 말이야!"

"휘두르다니, 뭘?"

"그러니까, 자기 말을 잘 듣게 할 수 있다는 거지!"

"그럼, 정말 나쁜 놈이네!"

"그렇다니까. 말도 못하게 나쁜 놈이지!"

고쿤네는 전철역 앞에서 베트남 식당인 '하나'를 하고 있는데 가게가 아주 잘된다. 우즈하라네 집에 있는 원탁을 사용하던 중국집 '대륙'이 있던 자리에 생긴 가게다.

하지만 고쿤이 제일 좋아하는 음식은 급식 때 나오는 우동이다.

"오사카 사람한테는 역시 우동이 최고야!"

오사카에 대한 애정이 흘러넘치는 것도 고쿤이 원래 베트남 사람이기 때문에 그럴지도 모른다고 반 애들은 생각하지만 다들 현명해서 그 말을 고쿤에게 하지는 않는다.

고쿤의 꿈은 소설가가 되는 것이다. 언젠가 도요토미 히데요시에 대한 소설을 쓸 거라고 다른 애들에게 선언한 적도 있다. 다른 애들은 고쿤의 꿈을 존중하기는 하지만 마음속 어딘가에서 고쿤의 출생 내력 자체가 사실 소설거리로 더할 나위 없이 매력적인 소재일 텐데 하는 생각을 한다. 하지만 현명하게도 이 또한 절대 고쿤에게 말하지 않는다. 고쿤은 인기가 아주 많다.

세쌍둥이가 다니는 중학교는 자유롭다. 노보세이.

노보세이란 노보리키타 니시 중학교의 약칭이다. 이름에 '북北'자가 들어 있으니까 노보리키타 일一 중학교, 노보리키타 이二 중학교 하면 되었을 텐데, 굳이 동서로 나누고 싶었는지 이 지역에 있는 중학교 이름은 노보리키타 니시西 중학교랑 노보리키타 히가시東 중학교다.

학생들은 줄여서 각각 '노보세이' '노보토'라고 부른다.

노보세이는 아주 자유로운 교풍을 가지고 있다. 교복을 입어야 하고, 학교에서 지정한 보조 가방이 있기는 하지만 양말은 아무거나 신어도 상관없고, 머리를 묶는 밴드나 핀에 대해서도 아무런 제약이 없다.

대조적으로 노보토는 아주 엄격하다. 양말은 반드시 흰색이어야 하고, 무늬가 있어도 안 되고, 고무줄은 검정이나 감청색이나 갈색이어야 한다.

그래서 노보세이 학생들이 더 멋을 잘 낸다는 이야기를 듣곤 한다. 학생들은 빨간 양말을 신어보기도 하고, 핑크색 고무줄로 머리를 묶기도 하는 등 최대한 멋을 부리려고 하지만 장래 일을 생각하면 노보토 학생으로 있는 편이 안전하다.

중학교 때 멋을 부려보고자 하는 마음은 썩 좋은 결과로 이어지지 않게 마련이다. 남의 눈에 띄고 싶다는 마음만 가지고 멋을 부리다가는 '착각'을 '개성'으로 오해하기 십상이기 때문이다.

여자애들 사이에서는 친한 친구들끼리 양말을 한 짝씩 교환하는 게 유행이다. 참 위험하다. 핑크색 양말이랑 노란색 양말을 짝짝이로 신은 한 쌍의 다리가 복도를 활보하고 다니는 식이다. 그리고 머리를 묶는 고무줄로 커다란 리본을 만드는 것도 유행이다. 이 또한 위험하다. 멀리서 보면 벌레의 더듬이가 꼬물꼬물 뭔가를 열심히 찾고 있는 것처럼 보인다.

노보리키타 초등학교를 졸업한 학생들은 사는 지역에 따라 노보세이로 가든지 노보토로 가든지가 결정되는데, 꼬꼬랑 폿상은 노보세이다. 폿상은 개성을 잘못 해석하고 있는 노보세이 학생들을 보면서 꼬꼬한테 이렇게 말한 적이 있다.

"고······ 고토코, 노······ 노보세이 가서, 머······ 멋 낸다고, 이······ 이······ 이상한 양말이나, 괴······ 괴상한 고무줄이나, 그······ 그런 거, 너······ 너······ 넌, 저······ 절대 하지 마. 어······ 어른 되어서, 사······ 사진 보면, 트······ 트······ 틀림없이, 후······ 후회하니까."

꼬꼬는 폿상의 말을 소중한 충고로 가슴에 간직했다.

"개······ 개성이란 건, 모······ 목적이 되면, 아······ 아······

안 되는 거야.”

가끔씩 폿상이 신처럼 보일 때가 있다.

리코의 애인은 '개성'을 착각하고 있는 학생으로 화려한 양말 같은 걸 자꾸 신어보는 타입이다. 남자 농구부에 있는 모리가미. 짧은 머리에 왁스를 잔뜩 발라 이상한 모양으로 만들고 다닌다.

“야~ 야~ 야~, 내 말 쫌 들어봐!” 하고 큰 소리로 말을 해서 다른 애들이 뭔가 싶어 주목하면 “나 오늘 지각할 뻔했다” 하고 별것 아닌 소리로 끝맺는다든지, “결론부터 말하자면 말이야” 하고 그럴듯한 표정으로 말을 꺼내고는 “어제 내가 길을 가다가 보니까……” 하고 앞뒤가 안 맞는 얘기를 시작하곤 한다.

그런데도 자기는 다른 애들이 주목해야만 할 인재고 아주 재미있는 사람이라고 생각하고 있다.

“넌 왜 모리가미랑 사귀니?”

마코랑 도모미는 모리가미의 지능지수가 얼마나 현저하게 낮은지 잘 알고 있다. 그래서 이렇게 물었더니 리코는 그냥 한마디로 “얼굴이 마음에 들어서”라고 대답했다.

“얼굴만 좋으면 멍청해도 괜찮아.”

“아무리 그래도 모리가미는 무시무시하게 바보 같잖아.”

"지난번에 '태합太閤'* 히데요시를 읽으라고 했더니, 태합이라는 한자를 못 읽어서 '대개' 히데요시라고 읽었단 말이야."

"계란이랑 달걀이 같은 건지도 모르고 있더라."

"바보지."

"바보야."

둘 다 소중한 자매의 사랑에 대해 걱정한다. 어쩌면 자기들의 형부가 될지도 모르는 사람 아닌가. 하지만 리코는 그런 말에도 아랑곳하지 않는다. 뿐만 아니라 "지난번에 모리가미랑 수족관에 갔는데 참치가 헤엄치는 걸 보더니 '이야~, 진짜 생선 맞네!' 하던데" 하며 그런 부분을 즐기는 여유까지 보인다. 모리가미의 덜떨어진 점을 일종의 '귀여움'으로 느끼는 것이다. 정말이지 리코의 사랑은 구제불능 그 자체다.

꼬꼬도 모리가미를 아는데 할아버지와 더불어 그 멍청함을 경멸하고 있다.

모리가미가 처음 꼬꼬네 집에 놀러 왔을 때다. 거실에 떡하니 놓여 있는 원탁을 보고 한마디했다.

"이야~, 진~짜, 원탁이네요."

이시타는 모리가미가 입으로 뿜어낸 흐물흐물한 지렁이 같은 글자, 혹은 데굴데굴 굴러가게 생긴 둥근 글자들을 모조리

● 도요토미 히데요시의 벼슬.

박살 내고 산산조각으로 만들어서 베란다 밖으로 냅다 버려버렸다. 아주 멀~리.

"리코가 데리고 오는 그 남자애는 정신머리가 사나운 데다가 여기저기 온통 구멍투성이인 허당이더구나. 영 못쓰겠다."

원래부터 적나라한 직설화법을 구사하는 이시타가 대놓고 말해도 리코는 아무렇지 않게 대답했다.

"그쵸~. 그래도 얼굴이……."

할머니의 밧줄처럼 질기고 두꺼운 신경과 어머니의 백치미를 몸과 마음으로 물려받은 리코는 미인에 무적이다.

그때 같이 있던 폿상이 꼬꼬에게 귓속말로 속삭였다. 모리가미는 꼬꼬네 아빠랑 닮았다.

"여…… 역사는, 되…… 되풀이되는 법이지."

이시타도 폿상만큼은 인정해주고 있다. 폿상이 내뿜는 글자에는 노래하는 듯한 리듬이 있고, 겁게 윤이 나면서 공기를 타고 수줍은 듯 흘러다닌다.

폿상은 똑똑하다.

자유로운 교풍은 점심시간에도 영향을 주고 있다. 보통 중학생들은 자기 반에서 급식을 먹게 마련인데 노보세이에는 학교 식당과 매점이 있고 학생들은 어디서든 도시락이나 빵을 먹을 수 있다.

그 점을 이용해서 세쌍둥이는 매일 점심을 함께 먹고 있다. 좁은 집 안에서 내내 얼굴을 마주 보며 사는데도 질리지 않는 것을 보면 참 대단하다. 얼굴이 똑같아서 그런가? 사춘기 소년 소녀가 거울을 들고 끝도 없이 자기 얼굴을 들여다보는 것이랑 같은 감각인지도 모른다.

'아무리 그렇다 해도, 도대체 무슨 이야기를 하기에 저렇게 계속 재잘거릴 수 있을까?'

주위에 있는 사람들은 그 모습이 신기하기만 하다.

"비밀이야."

안뜰 화단에 나란히 앉아서 도모미가 꺼낸 것은 바로 꼬꼬의 자유 공책이었다.

"앗! 이거 꼬꼬 거잖아!"

"왜 이걸 도모미가 갖고 있는 거야?"

"이불 개다 보니까 뚝 떨어지더라."

세쌍둥이는 어머니가 만들어준 주먹밥을 점심으로 먹고 있다. 반찬은 따로 없다. 아니, 정확하게 말하자면 주먹밥 속에 반찬이 모두 들어가 있다. 연어, 달걀, 소시지 외에도 어묵탕 속에 들었던 곤약, 부침개, 카레에 들어 있던 감자 등을 주먹밥 속에 집어넣는 대담함에는 다들 놀랄 수밖에 없다. 하지만 같은 얼굴을 가진 미인 세 명이 입을 커다랗게 벌리고 주먹밥을 먹고 있는 모습은 보기에 썩 나쁘지 않다. 아니, 솔직히 말하면 아주 보기 좋다. 후광이 비치는 것처럼.

"이거, 내가 수놓고 싶어서 그냥 가지고 온 거야."

"수놓다니? 그럼 도모미, 너는 이 개미들을 수놓고 싶다는 거야?"

"그래."

"어디에?"

"우리 셋이서 할머니 생신에 베레모를 드리자고 지난번에 얘기했었잖아."

"응."

"하늘색 베레모 말이지."

"그 모자 옆쪽에 이걸 수놓으면 정말 멋있겠다는 생각이 들었거든."

"이 개미를?"

"응."

"모자 옆쪽에?"

"응."

"……."

"……."

리코랑 마코는 주먹밥을 입에 넣는 것도 잊은 채 얼빠진 표정으로 도모미를 바라보았다. 하늘은 푸르고 비 올 기색이라곤 전혀 없는 게 여름의 시작을 알리고 있었다.

"……그럼 진짜 멋있겠다."

"진~짜 멋있겠다."

"그치!"

세 사람은 신이 나서 들고 있던 주먹밥을 하늘 위로 던져버릴 기세였다.

하늘색 베레모에 수놓인 새까만 개미. 다리에는 보송보송 털이 나 있고, 더듬이가 당장이라도 움직일 것처럼 보이고. 그런 모자를 기쁜 얼굴로 쓰는 우리 할머니, 우즈하라 가미코. 정말 최고다!

"너, 정말 센스 끝~내준다!"

"그러게. 우리 같으면 백날이 가도 그런 생각은 절대 하지 못할 거야."

"에헤헤헤."

리코랑 마코가 양옆에서 팔꿈치로 꾹꾹 찌르는 바람에 도모미는 들고 있던 주먹밥을 떨어뜨렸지만 바로 주워서 그냥 먹었다. 개미가 붙어 있었지만 상관없이 그냥 먹는다. 먹는다. 이제부터 그 개미를 수놓으려는 여자다. 무슨 상관인가.

"이 개미 말이야, 이 개미를, 베레모에다가!"

"끝~내준다! 빨리 봤으면 좋겠다!"

"이 공책 한번 들여다볼까?"

"그럴까?"

도모미가 밥알 붙은 손으로 공책을 펼쳤다. 꼬꼬가 정한 '누구건 여는 걸 그맘'이라는 법칙은 이렇게 아무런 이유도 없이 간단히 깨져버렸다.

"야, 이 굵고 진한 글씨 좀 봐!"

"여기는 너무 힘을 주는 바람에 아예 찢어졌잖아."

"정말 연필로 쓴 거 맞아? 붓으로 쓴 거 아니고?"

세쌍둥이는 잔뜩 힘이 들어가 있는 글자들의 농도, 한없이 고딕체에 가까운 그 글자의 모양새 등을 두고 한차례 소란을 떨었다.

"첫 번째 페이지에 '고독'이라고 쓰여 있는데."

"고독이라니, 그 고독?"

"그렇겠지."

꼬꼬가 가장 바라는 것인 '고독'이 자유 공책 제일 앞에 있는 것은 당연한 일이다. 그 외는 이렇다.

탓칭네 할머니

메니에르 병

어질어질한다.

헬랜캐러 삼중구

눈 안 보이고 귀 안 들리고 또 뭐 한 가지

보트 피플 **뽀르뽀또**

구우엔 반 고쿠입니다.

풋상한테 물어볼 거

1) 쿠어타가 몬지

2) 남 고생은 꿀맛

3) 또 한 개

매일매일 우리는 철판 위에서 구워져서

너무 힘들어요 하고 소리질르는 노래

사춘기는 누구에게나 차자옵니다.

너한테도 너한테도 너는 누구냐.

사춘기입니다.

워크인 클로제트는

걸어서 들어가는 옷장이야

생리 피가 나온다. 다리 사이에서 혈액.

이불을 파내고 있다.

왜냐하면 쓸데없으니까 우리는 이불이 필요 없어.

세쌍둥이가 서로 몸을 내밀면서 앞다투어 들여다보는 꼬꼬의 공책.

서로 얼굴을 마주 보는 세 사람한테서는 같은 냄새가 난다. 어머니가 만들어준 주먹밥의 참치 소시지 냄새. 아주 건강한 냄새다.

"예쁘다~."

"어쩜 이렇게 예쁘니?"

"꼬꼬는 너무 예뻐!"

동생이 쓴 서툴고 진하디 진한 글자가 세 사람의 마음을 간질간질하게 만들었다. 하하하, 내용은 아무래도 좋았다.

귓가를 쓰다듬는, 눈에 닿는, 입술에 찾아오는 그 무언가가 그녀들의 마음속 어딘가를 간지럽게 만들면 그걸로 된다. 이 세상의 의미 따위는 필요 없다. 열네 살 세쌍둥이. 그것뿐이다.

점심시간이 끝났음을 알리는 종소리가 울렸다.

5교시가 체육인 리코는 서둘러 일어섰다. 무릎 뒤의 살결이 눈부시다. 6교시가 끝나면 또 체육부 활동이 있어서 힘들기는 하지만 그래도 열심히 할 작정이다. 마코는 5교시가 국어다. 아직 읽지 못하는 한자가 많이 있지만 대충은 안다. 대충. 도모미의 마음은 5, 6교시를 지나 수예부 활동으로 가 있다. 자수, 자수, 자수. 손가락이 벌써 근질거린다. 그 감각은 성에 눈뜨는 것과 비슷하기도 하다.

하늘은 푸르고 비 올 기색이 전혀 없는 게 여름의 시작을 알리고 있었다. 반짝반짝.

"다녀왔습니다~."

간타가 집에 오는 시간은 여섯 시 반이다.

집에 들어오자마자 목욕부터 하고 캔 맥주 하나를 마신다. 세쌍둥이도 그 무렵이 되면 학교 운동부 활동을 끝내고 돌아오기 때문에 온 가족이 한데 모여 저녁을 먹는다.

오늘은 국수와 가지를 섞은 마파두부랑 토마토에 겨자 마요네즈, 단가지 절임, 그리고 감자와 부추가 든 된장국이다. 국수랑 가지를 섞는 바람에 결국 마파두부 속 두부는 짓이겨져 버렸지만 그래도 맛은 있다. 시오리의 음식에는 기본적으로 뭐가 많이 들어 있다. 예를 들면 감자조림에는 돼지고기, 감자, 당근 말고도 브로콜리, 삶은 달걀 등이 들어가고, 일주일에 한 번은 냉장고 안에 있는 온갖 채소들을 다 집어넣은 카레가 나온다. 이런 음식들은 커다란 접시 하나에 한꺼번에 담겨있지만 그래도 먹는 데 지장은 없다. 원탁이기 때문에 모든 식구들한테 골고루 돌아갈 수 있는 우즈하라네 집 식탁.

"잘 먹겠습니다~."

간타는 맥주 한 캔만으로 얼굴이 벌겋다. 옆에서 보기에 별로 좋은 모습은 아니다. 하지만 파김치가 될 때까지 열심히 일하고 집에 들어와 목마른 것을 꾹 참고 목욕을 한 다음 시원하게 씻고서 마시는 한잔은 틀림없이 무척이나 맛있을 거야. 세쌍둥이도, 그리고 꼬꼬도 그렇게 생각한다. 물론 딱 한 번 맛본 적이 있는 맥주는 쓰고 이상한 냄새가 났지만 아버지가 맥주를 마시는 모습, 그리고 그 뒤에 터지는 "카아~!"나 "크으~!"는 우즈하라네 집안에서 '천국 같은 키읔 돌림'이라고 불린다.

　가족 여덟 명을 벌어 먹이는 가장이다. 그러니 맥주 맛을 음미하는 데에는 그 누구에게도 지지 않는다. 그 점은 이시타도 인정하고 있는 바이다.

　이시타도 옛날에 그런 식으로 맥주를 마실 때가 있었다. 아홉 식구를 먹여 살리는 가장이었으니까. 인쇄공이었던 우즈하라 이시타. 매일 시커먼 손으로 집에 돌아왔고, 집 안에 욕실은 없었지만 가미코가 뜨거운 물을 받은 대야를 준비해놓고 있었다. 그 물로 손과 얼굴을 씻은 다음 다 같이 공중목욕탕에 가는 게 일과였다. 막내아들인 간타는 목욕탕에서 엄마랑 헤어질 때면 꼭 울었다. 새끼손가락만 한 고추를 달랑거리며 얼굴이 빨개지도록 앙앙 우는 간타의 모습이 지금도 이시타의 머릿속에 있는 막내아들의 모습이다. 그런 아들이 지금 꿀꺽꿀꺽 소리를 내면서 맥주를 마시고 있다. 원탁에 둘러앉은 식구를 먹여 살리고 있다.

이시타는 젊었을 때부터 글자를 좋아했다. 그래서 글자와 관계된 일을 하고 싶었다. 직업 그 자체는 이시타가 바라던 학문적인 일과 거리가 멀었지만 자기가 찍어낸 글자를 바라보는 일은, 그게 책이 아니어도 충분히 행복했다.

'성냥' '맛있게 드실 수 있습니다' '소독약' '한 가정에 하나씩'.

사람이 쓴 글자도 보기 좋지만 이시타는 인쇄된 글자를 더할 나위 없이 좋아했다. 명조체, 고딕체, 행서체. 특성을 잃어버린 글자이기 때문에 속도감이 있다. 어디까지든 갈 수 있다. 누구에게나 평등하게. 감미로운 잉크 냄새.

"불멸佛滅."●

이시타는 혼자 향수에 젖은 나머지 자기도 모르게 매일 한 장씩 넘기는 달력을 소리 내어 읽고 말았다. 불멸이라는 불길하기 짝이 없는 단어조차도 이시타는 사랑스럽게 느껴졌다.

"풀페이스?"

"시끄럽다, 멍청이가."

역시 섬세함이라고는 손톱만큼도 찾아볼 수 없는 가미코지만, 그래도 단가지 절임은 맛있다. 아주 절묘하게 잘 절여져 있다.

"꼬꼬, 너, '야우치'라는 애 아니?"

● 음양도에서 만사가 흉하다고 보는 날.

"야우치?"

"그래, '야우치'라고 하더라. 그 애 집에 아빠가 공사하러 오늘 갔거든."

"야우치……. 아아, 추양 말이구나."

추양은 유명한 가전양판점인 가네호시 전기 사장의 아들이다. 하지만 엄마는 정실부인이 아니다. 할아버지 말에 따르면 '첩실의 자식'이라고 하는데, 그 소리도 추양 본인에게 해서는 절대 안 된다는 말을 들었다.

"여러 가지로 복잡한 사정이 있으니까."

꼬꼬는 추양도 부러웠다.

추양은 눈동자만 간신히 보일 정도로 작은 눈에다 주먹코에 툭 튀어나온 입술까지, 만화에나 나올 법한 얼굴이다. 두꺼운 매직펜으로 단숨에 그릴 수 있을 정도로 단순한 얼굴을 하고 있으면서 '여러 가지로 복잡한 사정이 있는' 집에 태어나다니 어떻게 그럴 수가 있는가.

"아아, 너희는 추양이라고 부르는구나."

야우치를 반대로 읽으면 치우야, 그래서 추양이 되었다. 그 내력을 꼬꼬는 잊고 있었다. 아니, 사실은 추양의 진짜 성 자체를 잊어버리고 있었다. '여러 가지로 복잡한 사정'이 있는 추양.

"그 아파트에 살고 있던데. 역 앞에 있는."

"어, 그 호스티스 아파트?"

추양네 집은 역 앞에 있는 고급 고층 아파트, 일명 '호스티스 아파트'에 있다. 밤일을 하는 여자들이 많이 살고 있는 아파트다.

"아아, 그 애구나."

추양은 이 근방에서 유명한 애다. 우선은 아버지가 그 가네호시 전기의 사장이니까. 그리고 추양네 엄마가 정식으로 결혼한 본처가 아니라는 점도 유명하다. 추양네 엄마는 토끼처럼 크고 동그란 눈에 입도 조그맣고, 전체적으로 작고 아담한 느낌이었다. 여름이든 겨울이든 항상 숄 같은 것을 목에 두르고 있고, 쉭쉭 하고 공기가 빠지는 것 같은 느낌으로 말하기 때문에 '목에 구멍이 나 있다'는 소문도 있다.

"아무튼 부자는 다르다니까. 워크인 클로짓이라는 걸 난생처음 봤네. 그것만 해도 이 방만 하더라고."

"둘이서만 살잖아요? 뭐하느라 그렇게 의상이 많은 걸까요?"

시오리는 무의식적으로 부자들이 입는 옷을 '의상'이라고 부르는 경향이 있다. 공연히 기가 죽는 것이다.

"두 식구라도 방이 다섯 개는 되던데. 그런 집에 둘이 살면 참 허전할 텐데."

"다섯 개?"

"그럼 본처가 사는 집은 도대체 얼마나 넓을까요?"

"그야 장난이 아니겠지. 가네호시 전기의 사장님 정도 되면."

"아빠, 그럼 가전제품도 되게 좋은 거겠네요?"

세쌍둥이도 추양네 집이 어떤지 흥미진진하다.

"그야 좋은 거지. 나는 세면대 수도를 고치러 갔으니까 그 옆에 놓인 세탁기만 봤는데, 그게 그거더라, 왜, 그, 앞쪽으로 문이 달린 놈."

"드럼세탁기?!"

"그래, 드럼세탁기!"

"두 식구 입는 의상을 빠는 것뿐인데 그렇게 대단한 게 필요할까요?"

시오리는 여전히 옷을 의상이라고 말한다. '기죽지 마.'

"그야, 아무리 그래도 가네호시 전기 사장네 첩실 집이잖아. 가전제품도 아무거나 쓸 수는 없겠지."

"그렇겠네요."

"좋겠다, 드럼세탁기!"

"넌 또 무슨 뚱딴지같은 소리야, 마코. 생전 빨래 한 번 안 하는 애가."

"드럼세탁기 같으면 나도 하겠다."

"어련히 잘하겠다!"

"마코, 너 지금 드럼세탁기라는 말, 평생 할 거 다하고 있지?"

"그러네. 드럼세탁기."

"그 드럼 머시깽이가 다 뭐냐?"

"아 할머니, 몰랐어요? 드럼세탁기라고. 드럼세탁기가 뭐냐면, 그게, 그러니까, 어떻게 되는 거였지?"

"드럼처럼 쳐서 빤다는 거 아냐?"

"맞다, 맞다. 그래서 물이나 세제도 조금만 써도 빨래가 되는 거래요."

"그래~."

꼬꼬는 영 기분이 안 좋다. 추양에 대한 이야기가 나온 후로 줄곧.

자기 아버지가 친구네 집 수도 공사를 해주러 갔다는 상황이 싫은 게 아니다. 식구들 대화 속에서 '부잣집이라고는 해도 복잡한 상황에서 사는 추양은 고독할 거다'라고 은근히 불쌍하게 여기는 기척을 아까부터 느끼고 있었기 때문이다.

"그에 비해서 우린 가난하지만 가족이 화목하니 참 행복한 거야, 그치~?"라는 식구들의 분위기. 그 분위기에 꼬꼬는 반발한다. '도대체 뭐가 좋다는 거야?'

꼬꼬는 '복잡한 가정'에 태어나 드럼세탁기인지 뭔지를 쓰면서 "아무리 그래도 난 외로워"라고 말하고 싶다. 다섯 개나 있는 방들 중 어느 하나에 홀로 서서 "아무리 그래도 난 고독해"라고 말하고 싶다.

"아무리 그래도 정말 고독해."

혼자 방 안에 틀어박혀 뼈에 사무치게 고독을 맛보면서 그 외로움에 몸부림치며 홀로 조용히 눈물을 흘리고 싶은 것이다.

꼬꼬 앞에서 원탁이 빙글빙글 돈다. 국수랑 가지가 섞인 마파두부도 얼마 남지 않았다. 어쩜 이렇게 건전하고 안 섬세한 음식이 있을까. 대가족의 행복 그 자체를 보여주는 것 같다.

'뭐가 좋다는 거야.'

"불멸. 석가의 죽음. 입멸."

가족들이 떠들썩하니 화목함을 자랑하는데 질려버린 이시타는 참을 수가 없어서 혼자 중얼거린다. 매일 넘기는 달력에 찍힌 글자는 HGP명조B체다.

식구들은 드럼세탁기 이야기에서 드럼 연주자 이야기로 넘어간 모양이다. 몸집이 커야지 그럴듯한 것 같지 않니? 먹는 것도 많이 먹어야지 이미지가 맞는 것 같고. 별명은 짬뽕이라든지. 맞아, 맞아.

이시타가 계속 중얼거린다. 석가는 몇 번씩 죽는 모양이다. 꼬꼬는 고독해지고 싶다.

고다 메구미가 안대를 풀었다.

일주일 만에 모습을 드러낸 고다 메구미의 왼쪽 눈은 반짝반짝 빛나는 게 마치 일찍 수확한 포도 같았다. 안대를 한 고다 메구미도 멋있었지만 두 눈을 가지고 웃는 고다 메구미도 정말 멋지다.

꼬꼬의 안대는 어느새 꼬꼬의 작품인 '손가락이 여섯 개 있는 갓파河童˙ 손바닥'에 걸려 있다. 하얗게 반짝인다. 그걸 걸어놓고 보니 비로소 작품이 되었다. 안대를 마련한 보람이 있었던 셈이다.

오늘은 매월 초에 하는 학급회의가 있는 날이다. 여름방학 전에 마지막으로 하는 회의의 주제는 '우리 반에서 동물을 키워도 되는가'이다.

이건 꼬꼬가 예전부터 제안한 의제다. 꼬꼬는 워낙 동물을 좋아한다.

하지만 아쉽게도 공단 주택에서는 동물을 키울 수 없게 되어 있다. 그리고 공단 주택에서 허가가 났다고 해도 식구 여덟 명이 비좁게 껴서 겨우 살고 있는 우즈하라네 집에 동물을 키울 만한 여유는 없다. 그 점에 대해서는 엄마도 말 없는 압력을 주고 있고, 꼬꼬도 거기에 반발할 정도로 어린애는 아니다.

가끔씩 할아버지 방에 있는 『동물백과』를 펼치고서 "아아" 하고 한숨을 쉬는 것으로 은근히 엄마에게 호소해보기도 하지만 "동물을 키울 수 있는 환경을 만들자! 동물을 키울 수 있는

˙ 물속에 산다는 어린애 모양인 상상의 동물.

환경을 만들자!" 하며 시위하는 것처럼 큰 소리로 외친 적은 없었다. 꼬꼬는 여덟 살일 때부터 자기 집안의 경제 상황을 파악하고 있었다. 더 이상 먹는 입을 늘려서는 안 된다. 왜냐하면 아무래도 우리 집은 저소득층에 해당되니까.

하지만 꼬꼬는 동물을 키우고 싶다. 동물을 예뻐하고 싶다.

몽실몽실한 털뭉치를 쓰다듬고 싶다. 몽실몽실한 털뭉치를 안고 싶다. 몽실몽실한 털뭉치가 자기 뒤를 따라와 주었으면 좋겠다.

"우리가 하는 말은 들은 척도 안 하면서 우즈하라 말만 듣는다!"

그런 말을 듣고 싶다.

"그렇게 난폭한 놈이었는데 우즈하라를 보더니 갑자기 순해졌네!"

그런 말도 듣고 싶다.

"숲으로 돌아가렴. 괜찮아, 두려워하지 않아도 돼."

꼬꼬는 언젠가 너무 몸집이 커지고 난폭해진 맹수를 숲으로 돌려보내 줄 것이다.

그래서 꼬꼬는 그날 학급회의에 대단히 의욕적으로 임했다.

꼬꼬는 이 요구가 반 애들한테 먹히려면 '동물을 키우는 것으로 생명의 소중함을 알 수 있게 된다'는 식의 교훈적인 점을 제시하는 게 좋다는 폿상의 조언을 들은 바 있다. 절대로 자기

75

가 좋아서 그런 말을 하는 게 아니라는 점을 애들에게 말해줘야 한다.

그러기 위해서 폿상은 몇 번이고 못을 박았다.

"치…… 치…… 침착하게 해야 돼."

무슨 일이 있어도 흥분하거나 언성을 높여서는 안 된다는 말이었다. 어디까지나 조용하게, 무슨 산신령이나 된 것처럼. 생명이 얼마나 소중한 것인지, 그런 생명을 키우는 멋진 일을 우리 함께 체험해보도록 해요. 꼬꼬가 몇 번씩 연습한 그 말을 이제 드디어 쓸 때가 왔다.

"여러분, 손바닥을 자기 가슴에 대보세요."

다들 꼬꼬 말대로 손을 가슴에 얹었다. 아홉 살배기들은 아직 말을 잘 듣는다.

"심장이 뛰고 있는 걸 느끼겠죠?"

다들 끄덕인다. 표정, 분위기, 꼬꼬랑 폿상의 계획대로 나온다.

"이게 (하나, 둘, 셋) 생명입니다."

폿상은 효과를 더욱 크게 하려면 '이게' 하고 '생명입니다' 사이를 3초 정도 띄우는 게 좋겠다고 했다. '입니다' 할 때의 '다'도 국어책 읽을 때처럼 또박또박 발음하지 말고, 끝에 공기를 살짝 넣어서 가볍게 끝내야 '생명'이라는 단어가 강조된다고 했다. 폿상도 정말 열심이다. 왜냐하면 폿상도 동물을 키우고 싶기 때문이다.

"이러한 생명의 소중함을 저는 여러분과 더불어 느끼고 싶습니다."

'더불어 느낀다'는 말도 꼬꼬는 처음에 '덕분에 느낀다'고 했을 정도로 무지했다. 하지만 이제는 다르다. 이렇게 어른스러운 말을 아름다운 HGP명조B체로 거침없이 얼마든지 입 밖에 낼 수 있다.

"동물을 키우는 것으로 생명의 소중함을 깨닫게 되리라고 생각합니다."

하~암. 절정에 이르는 이런 분위기 속에서 담임인 지비키 선생이 황당하게 큰 소리로 하품을 했다. 어젯밤 늦게까지 애인이 늘어놓는 전생에 대한 이야기를 들어주어야 했다. 그녀는 자기가 전생에 아메리카 원주민 추장의 딸이었다고 했다. 참을성 많은 지비키 선생은 밤새 그 이야기를 들어주다가 새벽녘이 되자 더 이상 못 참고서 "이제 그만 좀 하자"고 애인한테 한마디 했다. 하지만 바로 "우린 전생에서부터 맺어질 인연이었다고"라는 애인의 한마디에 마음이 또 풀렸다. 지비키 선생은 전생에 남아메리카의 용감한 전사였다고 한다. 참 질긴 인연이다.

담임 선생을 째려보는 꼬꼬의 주의를 자기한테 돌리려고 그랬는지 "저요!" 하며 추양이 손을 들었다.

"하지만 굳이 동물을 키우지 않아도 생명의 소중함은 이렇게 가슴에 손만 얹어봐도 알 수 있지 않나요?"

"시끄러워, 바보야."

꼬꼬는 조건반사적으로 쏘아붙였다. 폿상은 순간 '안 돼! 고…… 고…… 고토코, 치…… 침착해!' 하고 마음속으로도 더듬으면서 외쳤다.

"'시끄러워, 바보야'가 뭐예요? 그런 말을 학급회의 때 하면 안 된다고 생각합니다!"

추양이 손을 들면 짜증이 난다. 손가락을 팔랑팔랑 움직이면서 손을 들기 때문이다. 아니, 손을 드는 동작뿐만이 아니다.

추양은 머리끝에서 발끝까지 다 짜증 난다.

'여러 가지로 복잡한 집안'에 태어나 '부자인데도 고독'한데도 어쩌자고 얼굴은 그렇게 안일하게 생겼는지. 게다가 추양네 집은 동물까지 키울 수 있다!

"시끄러워, 바보야. 시끄러워, 바보야!"

꼬꼬는 더 이상 참지 못하고 추양에게 소리를 질렀다.

"난, 동물을, 키우고 싶단, 말이야!"

폿상은 권투 시합 때처럼 꼬꼬를 향해 타월을 던지고 싶었다. '고…… 고토코, 그…… 그 말을 하면, 어…… 어…… 어떡해!'

동물을 키우자는 의견에 찬성할 기색을 보이던 아이들도 꼬꼬의 고함 소리에 움찔했다. 또 시작이다. 꼬꼬의 행패. 애석하지만 유명하다.

"난 동물을 키우고 싶단 말이다. 말 잘 들으면 얼마나 귀여운데!"

"발언은 손을 들고 말해주세요!"

학급위원인 박군도 필사적이다. 꼬꼬가 한번 날뛰기 시작하면 대책이 안 선다는 사실을 정말 잘 알고 있기 때문이다.

고다 메구미 다음으로 어른스러운 박군은 아버지가 대학교수인데 지금은 여학생하고 무슨 관계가 있었다고 해서 휴직 중이다. 박군네 어머니가 집에서 쫓아내서 별거 중이라고 했다. 왼쪽 눈 밑에 반도처럼 생긴 반점이 있는 미소년이다.

"나도 키우고 싶다! 강아지가 최고지. 쬐~끄맣고 복슬복슬한 놈으로다가!"

고쿤이 마치 때를 기다렸다는 듯이 외쳤다. 흥분한 모양이었다.

"발언할 사람은 손을 들고 말해주세요!"

"동물을 싫어하는 사람들 생각은 안 하냐!"

"발언할 사람은 손을 들고 말해주세요!"

"그리고 동물을 키운다면 왜 그게 꼭 강아지여야 돼?"

"그래 맞다. 난 고양이가 더 좋은데."

"고양이야말로 털 알레르기의 근원이잖아."

"근원이 뭔데?"

"진짜 문제."

"발언할 사람은 손을 들고 말해주세요!"

"그럼 새도 괜찮겠다."

"새는 안 돼. 새털이 상태가 영 아니니까."

"상태가 뭔데?"

"진짜 문제."

"당장에라도 빠질 것 같아서 보기부터 그렇잖아."

"발언할 사람은 손을 들고 말해주세요!"

"그보다 도대체 누가 그 동물을 돌본다는 거야?"

"내가 할 거야!"

"그럴 거면 너네 집에서 키우면 되잖아."

"공단 주택은 못 키운단 말이야, 바보야."

"발언할 사람은 손을 들고 말해주세요!"

"여름방학 같은 때는 누가 와서 돌보는데?"

"내가 한다고! 내가 한다니까!"

"그러니까 너네 집에서 키우라고."

"아까도 말했잖아. 우리 공단 주택에서는 못 키운다고, 이
바보야!"

"고…… 고…… 고…… 고토코, 치…… 침착해."

"강아지는 똥 같은 것도 싸잖아."

"똥 냄새 나는 건 나 싫어."

"똥이다! 똥이다! 똥이다!"

"발언할 사람은 손을 들고 아, 아…….."

그때 박군의 얼굴이 갑자기 새파랗게 질렸다. 가슴에 손을 얹더니 눈을 크게 치켜떴다.

"아, 아, 아…….."

꼬꼬는 박군의 상태를 보고는 정신이 들었다.

"박군을 보세요. 지금 가슴에 손을 얹고 있어요. 이게, 하나, 둘, 셋, 생명이에요."

궤도 수정을 할 수 있어서 꼬꼬는 기분이 좋아진 모양인데 박군은 지금 그게 문제가 아니었다.

"아, 아, 으으…… 아아."

"박군, 너 왜 그래?"

지비키 선생이 뛰어왔을 때 박군은 이미 단상에 엎드려서 가쁜 숨을 쉬고 있었다.

"박군!"

"왜 그래?"

"새파랗잖아!"

"죽는 거야?"

"똥이다! 똥이다! 똥이다!"

3학년 2반에서 일어난 소동을 들은 다른 반 선생님과 아이들도 교실 밖에 우르르 모여들었다.

"구급차 불러줄게!"

지비키 선생은 박군을 애들한테 맡겨놓고 뛰어갔다. 밤을 새웠어도 문제없다. 지비키 선생은 전생에 체력이 끝내주는 전사였으니까.

"박군, 괜찮니?"

"박군!"

단상으로 모여드는 아이들을 꼬꼬는 멍하니 쳐다보았다. 뛰어나가지 못했다. 다만 계속 중얼거리고 있을 뿐이었다.

"이게, 하나, 둘, 셋, 생명이에요. 이게, 하나, 둘, 셋, 생명이에요."

'똥이다!'를 계속 외쳐대고 있는 사람은 코딱지 도리이다. 그러니까 애들이 싫어하지.

흐지부지 끝나버린 학급회의의 흥분은 한참이 지나도 가라앉을 줄 몰라서, 국어 수업이 뒤늦게 시작된 후로도 3학년 2반 학생들은 교실 안을 이리저리 우왕좌왕하고 있었다. 누가 보면 완전히 난장판이라고 할 수 있는 모습인데 담임인 지비키 선생은 태연하기만 했다.

"어어~, 그게, 박군은 부정맥이란다."

꼬꼬는 자기 자리에 들러붙다시피 앉아 있었다. 지비키 선생의 입에서 새로이 매혹적인 단어가 튀어나올 게 틀림없어.
그런 예감에 사로잡혀 거의 기도하는 심정이었다. 바로 그때
'부정맥!'이라는 말이 들려왔다.

박군의 상태는 보통 심각한 게 아니었다. 얼굴이 새파랗게
질려서 단상에 쭈그리고 있던 그의 모습은 당장에라도 죽을
사람 같았다.

'부정맥. 정말 무서운 병이네. 혹시 불치병 아냐?'

꼬꼬는 흥분에 떨었다.

'부럽다……!'

폿상도 얌전히 자기 자리에 앉아 있었다.

"부…… 부…… 부정맥이 뭐예요?"

"부정맥이라는 건, 심장이 뛰는 속도가 갑자기 달라지는 병
이야. 더 빨라지는 사람도 있고, 더 느려지는 사람도 있고."

"박군은 어느 쪽이었어요?"

"박군은 빨라졌다고 하네."

"왜 그랬는데요?"

"글쎄, 원인은 정확하게 알 수가 없어. 갑자기 그렇게 되는
거니까. 뭐라고 할까, 일종의 패닉 증상이라고 생각하면 돼."

"네?"

패닉.

새로운 단어에 다들 또 잔뜩 흥분했다. 그게 뭐야, 어떤 병

인데, 외국 병인가 등등. 고다 메구미가 안대를 하고 왔을 때처럼 흥분 상태가 되어서 다들 자기 자리를 잊어버린 듯 난리법석이었다.

"패…… 패…… 패닉이 뭐예요?"

"으음, 뭐랄까, 당황했다고 해야 하나? 암튼 사람이 아주 많거나 해서 갑자기 두려워지거나 당황하는 바람에 심장의 리듬이 이상해지는, 뭐 그런 건가 봐. 선생님도 잘은 모르겠지만."

"그…… 그…… 그러면, 우…… 우리 때문에, 그…… 그런 거예요?"

"아니, 그건 아닐 거야. 부정맥은 갑자기 발생한다고 하니까. 아마 박군도 좀 흥분하고, 그래서 그렇게 되었는지도 모르지."

"흥분하면 안 되는 거예요?"

"으음, 뭐, 아무래도 별로 좋지는 않을 수도 있겠지. 하지만 정말로 무엇이 원인인지는 알 수 없는 거거든. 선생님도 좀 더 부정맥이란 것에 대해서 공부해봐야겠다."

"박군은 어딨어요?"

"오늘은 일찍 집에 갔어."

"앞으로 학교에 못 와요?"

"아니, 학교는 오지. 하지만 언제 또 부정맥이 올지 모르니까 다들 박군을 대할 때는 조심 좀 해주라."

"네, 알겠습니다!"

다들 오랜만에 깍듯한 존댓말로 대답했다. 왜냐하면 어른이 부탁을 하면 기분이 좋으니까. 그리고 그 어른이 약간 불안한 기색이면 더욱 기분이 좋다. 게다가 부탁하는 내용이라는 게 반 친구의 병에 관련된 일이니 다들 막중한 임무를 맡게 된 느낌을 받는다.

한편 꼬꼬는 임무고 책임이고 이전에 지비키 선생의 입에서 나온 단어에 완전히 사로잡혀 있었다.

'부정맥……. 패닉……. 이 말은 꼭 메모해둬야지.'

그런 생각으로 손을 집어넣은 책상 서랍 속에 언제나 있던 자유 공책이 없었다.

'어, 그럼 책가방 속에 있나?' 싶어 열어봤지만 거기도 없었다.

도모미가 꼬꼬의 책가방이나 이불 속에 자유 공책을 몰래 돌려놓는 것을 잊어버렸기 때문이다. 아니, 실은 수놓는 데 정신이 팔려서 가정과 교실에 그 공책을 계속 놓고 다녔다. 꼬꼬에게 소중한 공책이라는 사실은 이미 까맣게 잊어버린 채, 그저 자수를 위한 자료로만 여기고 있다.

"내 공책!"

"깜짝이야! 왜 그래, 우즈하라?"

"시끄러워, 바보야!"

꼬꼬야, 네 자유 공책은 일주일 전부터 그 자리에 없었어. 하지만 메모를 할 만큼 인상적인 일이 없었던 지난 일주일 동안 자유 공책의 존재는 꼬꼬의 머릿속에서 사라지고 없었다.

"내 공책이 없어!"

"뭐가 없다고?"

"공책이라니까, 바보야!"

수업을 제쳐놓은 채 반 애들한테 모두 책상 속, 책가방 속을 찾아보라고 난리다. 꼬꼬는 자리에서 일어나서 사라진 공책을 찾아 온 교실 안을 뒤지고 다녔다. 이 모습 또한 난장판이 따로 없었다.

"없어! 없어! 없어!"

이제는 꼬꼬가 완전히 패닉 상태였다. 그걸 본 모탄이 소리쳤다.

"꼬꼬가 부정맥 걸리겠다!"

"패닉이다!"

꼬꼬는 그 말에 어떤 생각이 번뜩 떠올랐다.

'이거야? 이게 부정맥이야?'

꼬꼬는 완전히 자기 생각에 취했다. 강하게 가슴을 움켜잡았다. 기분이 썩 나쁘지 않았다. 아니, 오히려 기뻤다. 그래. 나는 패닉이고, 거기다 부정맥이야. 불쌍한 나. 불치병에 걸린 나.

"으윽, 으으윽."

교실 한가운데서 웅크리자 반 애들이 그야말로 난리 법석을 피웠다. 아아, 괴로워, 너무 괴로워. 가엾은 나. 고독해, 고독해.

기분 좋다.

"선생님! 꼬꼬도 부정맥이래요!"

"패닉이래요!"

"똥이다! 똥이다! 똥이다!"

지비키 선생이 꼬꼬에게 다가왔다. 조용한 게 평소의 지비키답지 않은 것 같은 느낌이었다. 다른 애들은 알아차리지 못하는 모양인데, 왜 그러지? 지비키 선생은 꼬꼬의 손을 잡고서 일으켜 세웠다. 거친 동작은 아니었다.

"우즈하라, 넌 아니잖아."

'어라?' 하고 꼬꼬는 의아했다.

혹시 지비키 선생이 화가 나 있는 건가?

"하하하!"

"꼬꼬야, 거짓말했지?"

다른 애들은 지비키 선생의 조용한 '농담'에 웃었다. 하지만 꼬꼬는 어딘지 모르게 심상치 않은 분위기를 느끼고 있었다.

"자리에 앉아. 너희들도 다 제자리로 돌아가. 자, 그러면 혹시 어디서 우즈하라의 공책을 보게 되거든 알려주도록 해."

그렇게 말하는 지비키 선생은 완전히 평소의 모습으로 돌아가 있었다. 다른 애들은 그 사이에 일어난 변화에 대해 전혀 눈치채지 못했다.

하지만 아까 그 눈, 꼬꼬를 보던 그 눈길은 평소의 지비키 선생이 아니었다.

꼬꼬는 자기 자리로 돌아가면서도 계속 생각했다. 그리고 이유를 알지 못한 채 교과서를 펼쳤다. 왠지 무지 창피했다. 왠지.

꼬꼬의 심장이 두근거리고 있었다. 하지만 그 소리는 아주 규칙적이었다.

학교가 끝난 후에 폿상이랑 고쿤이랑 고다 메구미랑 같이 박군네 집에 가보기로 했다.

고쿤이랑 고다 메구미는 그날 당번이었다. 고다의 '고'랑 고크의 '고'는 첫 음이 같아서 출석 번호가 가까웠기 때문이다.

그래서 수업 시간에 준 프린트물이랑 연락 용지를 박군에게 갖다 주라고 지비키 선생한테서 부탁을 받았다. 거기에 폿상이랑 꼬꼬가 그냥 따라붙은 것이다.

"박군네 집, 끝내주게 으리으리하다!"

"부…… 부…… 부자야?"

"그럼! 담장이 마~악 있고, 지붕도 떠~억하니 크고, 현관에 계단도 쭈~욱 있고!"

고쿤은 꼬꼬랑 고다 메구미가 자신과 같이 걸어가고 있다는 사실에 신이 난 모양이다. 이 둘은 반에서도 1, 2등을 다투는 미녀들이다. 한창 들떠서 자꾸만 쓰는 의태어가 거창하다.

"하긴 박군도 그런 집에서 자라났으니 그렇게 애가 괜찮은 거지. 박군이 뭔가를 딱 말할 때 들으면 뭔지 몰라도 시원시원하잖아!"

꼬꼬는 안대를 같이 한 동료였던 고다 메구미의 책가방을 멍하니 쳐다보고 있었다. 방금 사온 가방처럼 반짝반짝 빛나는 빨강. 꼬꼬의 다 헤지고 후줄근한 책가방하고는 천지 차다.

"나 오늘 부정맥에 걸렸잖아."

꼬꼬는 국어 시간에 감지한 심상치 않은 분위기, 그리고 창피함을 느낀 자신에 대해 그게 뭐였는지 아직도 이해가 되지 않고 있었다. 고쿤은 꼬꼬가 드디어 말을 하기 시작해서 기쁜지 더욱더 흥분했다.

"그게 무슨 소리야. 꼬꼬는 부정맥이 아니잖아~. 하지만 그래도 아까 그 흉내는 정말 걸작이더라. 진~짜 애들이 난리가 났었잖아, 우리 반이 다!"

"흉내 낸 거 아냐. 진짜로 부정맥에 걸렸었어."

고다 메구미랑 폿상은 아무 말도 하지 않았다.

"그런데 지비키한테 넌 아니잖아, 라는 말을 듣고서, 난, 뭐라고 그러지, 암튼 뭔가…….”

“지비키의 그 농담도 걸작이었지, 안 그래? 핵심을 확실하게 푸욱~ 찌르던데, 그치?”

꼬꼬는 고쿤을 무시한 채 폿상이랑 고다 메구미를 쳐다보았다. 두 사람은 여전히 아무 말도 없었다.

“그걸 뭐라고 해야 되는지…….”

꼬꼬도 더 이상 어떻게 말해야 할지를 몰랐다. 그래서 가만히 있었다. 그렇지만 폿상도, 그리고 고다 메구미도 꼬꼬가 무슨 말을 하고 싶은 것인지 어렴풋이 짐작할 수 있었다.

“난 정말로 패닉이었다고. 진짜로.”

고쿤이 갑자기 “어, 나무에 이상한 열매가 달렸네!” 하더니 딴 데로 뛰어갔다. 의식하지는 않아도 그 자리의 분위기에 맞게 행동을 하게 되는 고쿤은 그래서 천성적으로 인기가 많을 수밖에 없다.

“고…… 고…… 고토코, 나…… 나는, 아…… 아…… 알 것 같아.”

폿상이 앞을 바라본 채로 불쑥 말했다. 꼬꼬는 약간 마음이 놓이면서 눈길이 폿상의 구부정한 등 뒤에서 흔들리고 있는 책가방 쪽으로 갔다. 꼬꼬의 책가방이랑 맞먹을 만큼 허름하고 낡은 책가방. 그 앞쪽에는 커다랗게 ‘壽수’라는 한자가 하얀 사인펜으로 적혀 있었다. 이시타가 써준 글씨였다. 폿상은 이

글자를 아주 마음에 들어했다.

"박군, 빨리 나았으면 좋겠다."

고다 메구미가 말했다. 왼쪽 눈이 맑게 빛났다.

꼬꼬는 고다 메구미가 좋아지는 것 같았다.

박군네 집은 고쿤의 말대로 으리으리한 저택이었다.

콘크리트로 된 벽은 다른 집 두 채가 들어갈 정도의 길이로 이어져 있고, 담장 안으로 커다란 나무가 우뚝 서 있는 게 보였다. 잡지만 한 크기의 대리석으로 된 문패에는 '박수연朴壽然'이라고 새겨져 있었다. 이시타가 보았으면 무척이나 좋아했을 아주 훌륭한 글씨체였다. 혹시나 몰라서 꼬꼬는 그 문패를 살짝 핥아보았다.

"꼬꼬, 어떤 맛이 나니?"

"차가운 돌 맛."

"그래."

인터폰을 눌렀더니 띵똥 하는 가벼운 소리가 아니라 '우오우오우오~' 하는 사이렌 같은 소리가 났다. 나쁜 짓을 하고 있던 것도 아닌데 네 명 모두 긴장해서 차렷 자세를 취하고 말았다.

조금 있으니까 "네~에!" 하는 여자 목소리가 예쁘게 들려왔다.

"게이시 친구들이니?"

누가 뭐라고 하기도 전에 그렇게 묻는 바람에 다들 깜짝 놀랐다. 어디선가 바깥의 모습이 보이는 모양이었다.

"네. 그렇습니다."

오랜만에 신기할 정도로 유창하게 폿상이 대답했다. "들어와라~"하는 말과 함께 대문이 자동으로 열려서 다들 또 한 번 놀랐다. 무슨 성에 온 것 같았다. 여태껏 몰랐는데 어쩌면 박군은 추양네 집하고는 차원이 다른 어마어마한 부자인지도 모르겠다.

목소리의 주인은 목소리만큼이나 예쁜 여자였다. 에메랄드 그린색 원피스에, 짧게 자른 머리는 감청색으로 보일 만큼 새까맣고, 살결은 매끈매끈하니 환했다. 박군의 엄마치고는 너무 젊은 것 같은데 하고 다들 생각했는데 그 여자분이 먼저 "난 게이시 엄마야" 하고 자기소개를 하며 웃었다.

"박군 주려고 프린트물이랑 급식 때 나온 튀김빵을 가지고 왔어요."

고다 메구미가 프린트물이랑 급식 때 나온 튀김빵을 내놓자 박군의 엄마는 "고맙다"라고 말했다. 소녀 같은 분이었다.

"게이시는 지금 2층 자기 방에 있으니까 올라가 봐. 나중에 마실 것 좀 갖다 줄게."

2층에 있다고 했는데 계단을 올라가 보니 방문이 네 개나 있어 어디에 박군이 있는지 알 수가 없었다.

"바…… 바…… 박군!"

풋상이 부르자 "여기야" 하는 소리가 들렸다. 그 소리가 난 문을 열어보니 박군이 의자에 앉아 있었다. 고쿤도, 꼬꼬도, "와아~" 하는 탄성을 질렀다.

다다미 여덟 장 정도 크기 방이었다. 한쪽 벽은 완전히 다 선반이었는데, 거기에 도감이나 프라모델이 죽 전시되어 있었다. 박군이 앉아 있는 의자는 은색이랑 검은색으로 된, 어른 이 앉는 의자처럼 바퀴가 달린 의자였다. 그리고 비슷한 색깔 책상이랑 연결되어 있는 것처럼 침대가 있었다. 책상이 있고 그 위로 침대가 있는 식이었다.

"끝내준다~!"

꼬꼬랑 고쿤을 제일 감동시킨 것은 바로 카펫이었다. 동그랗 고 파란 카펫이 깔려 있는데 털이 긴 게 폭신폭신하게 생겼고, 거기에 구름처럼 새하얀 고양이가 얌전히 앉아 있었던 것이다.

"완전 고양이 그 자체네~!"

꼬꼬랑 고쿤이 가까이로 뛰어가도 꼼짝도 하지 않았다. 머 리와 몸을 쓰다듬어주자 귀찮다는 듯이 꼬리로 바닥을 몇 번 쳤을 뿐 도망칠 기색은 보이지 않았다.

"나무라고 해, 그 고양이."

박군이 침착하게 말했다. 아까 교실에서 패닉에 빠졌던 사람이랑 같은 사람으로는 도저히 보이지 않았다.

"박군, 이제 좀 괜찮아?"

고다 메구미는 얌전하게 카펫 위에 앉아서 고양이를 만지고 싶은 충동을 참고 있었다. 역시 어른스럽다. 꼬꼬나 고쿤 같은 애들은 카펫에서 뒹굴거리며 고양이 몸을 만지기도 하고, 코를 들이대서 냄새를 맡기도 하는 등 멋대로 놀면서 박군 병문안을 왔다는 사실 따윈 완전히 잊어버린 모양이었다.

"응, 괜찮아. 미안해, 걱정하게 해서. 학급회의는 어떻게 되었어?"

"보…… 보…… 보류되었지. 조…… 좀 있으면 여…… 여름방학이니까."

"2학기에 다시 학급회의를 열어서 정하기로 했어."

"그랬구나."

"야, 근데 근데, 얘는 뭐 먹어?"

"나무? 고양이 밥이나 어묵 같은 거. 아 참, 걔는 김도 아주 좋아해."

"그래? 혹시 지금 먹여봐도 돼?"

"그래."

꼬꼬는 좋아서 어쩔 줄 몰랐다. 몽실몽실한 털뭉치. 하얗고, 부드럽고, 꼬꼬가 아무리 만져도 가만히 누워 있었다. 이게, 하나, 둘, 셋, 생명이에요.

"그런데 너네 집 진짜 잘사는 줄은 알았지만 이 정도로 대단할 줄 몰랐다!"

"그렇지도 않아."

"아냐! 추양네 집보다도 더 대단한데!"

"그런 건 비교할 수 있는 게 아니잖아."

박군의 안색은 아직도 조금 창백했다.

"바…… 박군, 히…… 힘들지 않아?"

"응. 이제 완전히 괜찮아졌어. 그런 일은 처음이라서 깜짝 놀라기는 했지만."

"숨을 못 쉬게 되는 거야? 선생님은 심장박동이 이상해진다고 말하던데."

"응, 그런 느낌이야. 뭔가 커다란 게 확 덮쳐와서 깜짝 놀라는 사이에 심장이 둑둑둑둑 하고 빨라지고, 그 뒤로는 가슴이 그냥 너무 힘들어져서, 정말 죽는 줄 알았어."

"죽는 줄 알았어?"

꼬꼬는 나무를 쓰다듬던 손길을 멈추고 박군을 쳐다보았다.

"응. 난 이제 죽는구나 하는 생각이 들었어."

박군의 모습이 눈부시게 보였다.

꼬꼬도 자기가 부정맥이었다고 생각했다. 패닉이었다. 하지만 죽는다는 생각은 들지 않았다. 오히려 기분이 좋았을 정도다. 결국 지비키 선생 말대로 '너는 아니잖아'였던 것이다. 꼬꼬는 실망해버렸다.

"좋겠다, 박군."

평소에는 그런 걸 부러워한다는 사실이 창피해서 그런 말을 입에 담은 적이 없었는데 같이 있는 애들도 편하고, 더구나 부드러운 고양이 앞이라서 그런지 솔직한 말이 나왔다.

"뭐가?"

"아니, 죽는 줄 알았다니, 너무 멋있잖아."

"그치만 그때는 얼마나 힘들고 괴로웠는데."

"그래도 죽을 뻔했다는 생각은 보통 잘 못하잖아."

"난 죽기 싫단 말이야. 얼마나 무서웠는데. 다시는 그런 일 당하기 싫어."

"어째서?"

"어째서, 라니?"

박군은 난처한 얼굴로 고다 메구미를, 그리고 폿상을 쳐다보았다. 고쿤은 아직도 나무한테 정신이 팔려 있었다. 그런데 그새 나무의 털 색깔이 거무죽죽해진 느낌이 들었다.

"고양이는 참~ 좋다!"

뜻하지 않게 분위기를 파악하는 말을 내뱉는 고쿤.

"우리 집도 음식점만 아니었으면 이런 고양이를 키웠을 텐데! 음식점이라는 건, 왜, 그, 위생하고 청결이 제일 중요해서 말이야!"

나무는 고쿤이 쓰다듬는 대로 그냥 몸을 맡기고 있었다. 풋상도 겨우 나무를 만져본다. 그 부드러움에 깜짝 놀라더니 갑자기 "흐췌!" 재채기를 했다.

"괜찮아? 혹시 알레르기 있는 거 아냐?"

"괘…… 괘…… 괜찮아."

"아, 참! 깜박하고 있었네. 내가 아까 박군 별명을 하나 생각해냈는데!"

고쿤은 신이 나서 말했다.

"별명?"

"그래! 박군이랑 패닉이랑 섞어서 '패닉군'이라고 부르면 어떨까?"

"난, 그거 싫은데."

"왜? 끝내주게 멋있는데~!"

꼬꼬에게는 박군이 왜 곤란해하는지 도통 이해가 되지 않았다. 패닉이라는 말을 이름으로 쓸 수 있다니 얼마나 좋은가?

"멋있어? 그래도 난 '패닉군'이라는 별명은 싫은데. 그냥 여태까지 한 것처럼 박군이라고 부르는 게 더 좋아."

"하기야 박군이라는 이름만 해도 무슨 별명 같으니까. '바'가 들어간 이름은 보통 없잖아."

"한국에서는 보통 이름이야."

"한국?"

"그래. 너희들 혹시 몰랐었나? 난 한국 사람인데. 일본 사람 아니야."

"어~ 어? 그럼 나랑 똑같네!"

"그럼 어떻게 일본말을 그렇게 잘해?"

"일본말을 잘하는 게 아니라 난 일본말밖에 못해."

"어~ 어? 그럼 나랑 똑같네!"

"정말이야? 난 몰랐는데."

고다 메구미도 깜짝 놀라면서 얼떨결에 나무를 쓰다듬었다. 그 부드러운 손길에 감동했는지 나무는 그제야 '굴굴굴굴' 하는 소리를 냈다.

"이 소리 뭐야? 어디 아픈 거야?"

나무가 '굴굴'거리는 소리를 내기 시작하자 꼬꼬가 흠칫 놀라서 물었다.

"아니야. 그건 고양이가 기분 좋을 때나 만족스러울 때 내는 소리야."

"그래? 나무는 굴굴굴 하는 소리를 내는구나. 꼭 무슨 엔진 소리 같다."

"엔진 소리? 듣고 보니 그러네. 난 그런 생각을 해본 적이 없었지만."

박군네 엄마가 주스를 가지고 들어왔다.

"자, 다들 마시렴" 하고 내준 주스는 진하고 아주 맛있었다.

"천천히 놀다 가거라."

'그래, 역시 주스는 진해야 맛있어' 하고 꼬꼬는 생각했다. 우즈하라네 집에서 엄마가 타주는 거나 할머니가 타주는 주스는 너무 옅어서 맛이 별로였다. 진한 주스를 타주는 박군네 엄마는 여전히 정말 예뻐 보였다.

"그럼 너네 엄마도 한국 사람이야?"

"그래. 울 엄마는 재일교포 3세야."

"재일교포 3세?"

"응. 우리 같은 사람들을 재일 한국인이라고 부른대. 재일은 일본에 산다는 뜻이야."

"그럼 난 재일 베트남인이야?"

"음~, 아마 그럴 것 같은데. 하지만 우리 같은 '재일'하고는 좀 다를지도 몰라."

"어떻게 다른데?"

"나도 잘 모르겠어."

꼬꼬는 처음 들어보는 박군의 말에 흥분했다.

"3세라니, 진~짜 멋있다! 그럼 박군은 4세야?"

"음, 그렇게 되나?"

"우와~, 끝내준다! 무슨 임금님 같잖아!"

"임금님? 그런 식으로 말하는 사람은 처음 봤어. 우리 엄마도 그런 소리는 들어본 적이 없을걸."

나무의 '굴굴굴' 하는 소리가 더 커졌다. 그러더니 기어이 고다 메구미의 무릎 위에서 배를 드러내고 벌렁 누워버렸다.

"와~! 나무가 배를 보였어!"

"그건 고양이가 안심하고 있다는 표시야. 고다한테 친밀함을 느끼는 거야."

"그렇구나. 정말 귀엽네."

꼬꼬는 자신이 항상 고다 메구미의 등만 바라보고 있는 것 같다는 느낌이 들었다. 안대, 어른스러운 말씨, 고양이가 친밀함을 느끼는 무릎. 하지만 고다 메구미라면 상관없다고 꼬꼬는 생각했다. 왜냐하면 고다 메구미는 멋있으니까.

"내 이름도 일본말로 읽으면 게이시지만 원래는 규사야."

"규사?"

"그럼, 넌 이름이 두 개야?"

"응."

"어째서?"

"게이시는 일본식으로 읽는 거고, 규사는 한국식으로 읽는 거니까."

"어째서 일본식으로 읽는 거랑 한국식으로 읽는 거랑 둘 다 있어야 돼?"

"우린 한국 사람이지만 일본에 살고 있잖아. 그러니까 일본에서 쓰는 이름이 필요해서 그렇게 했대."

"그럼 너네 엄마는?"

"우리 엄마는 도모미야. 한국 이름은 붕미라고 해."

박군은 종이랑 연필을 꺼내서 한자로 '朋美'라 썼다.

"우리 도모미랑 똑같네!"

"고…… 고…… 고토코네, 어…… 언니야."

폿상이 옆에서 설명해주었다.

"그 세쌍둥이라는?"

박군이 그렇게 묻는 바람에 꼬꼬는 또 그 질문인가 싶어 뜨끔했지만 금방 다시 흥분에 휩싸였다.

"똑같은 이름이네. 그럼 도모미는 붕미가 되는 거야?"

"우즈하라는 재일 한국인이 아니잖아."

"응."

"그럼 그냥 도모미야."

그냥 도모미라면 너무 시시한 보통 사람 같다. 꼬꼬는 화를 냈다.

"한국 사람이라면서 어째서 일본에 살고 있는 거야? 그럼 난민이야?"

"어~ 어? 그럼 나랑 똑같네!"

"으음, 난민은 아니고. 우리는 증조할아버지 때부터 일본에 살았어. 증조할아버지는 자발적으로 오셨다고 하는데, 그 당시는 전쟁 때문에 억지로 끌려온 사람들도 무지하게 많았어. 우리는 처음에 박씨가 아니라 '오카다'라는 이름을 붙였었대."

"오카다?"

"그래. 전쟁 때문에 억지로 일본에 끌려오고, 이름도 일본식 이름으로 억지로 바꿔버리고, 일본말만 하라고 명령을 받았었던 시대였대."

"그래서 박군도 일본말밖에 못하는 거야?"

"아니, 난 그런 게 아니고. 태어날 때부터 여기 있었고, 억지로 일본말을 해야 한다고 명령을 받은 것도 아니야. 하지만 엄마가 절대 잊어버리면 안 된다고 했어."

"뭘?"

"억지로 끌려온 사람들의 이야기."

나무가 "나무~" 하고 울었다. 좋아서 어쩔 줄 모르겠다는 투였다.

"나무라는 이름은 울음소리 듣고 지은 거야?"

"맞아."

나무가 나무~, 나무~ 하고 울었다.

"부…… 불경 소리 같아서, 머…… 머…… 멋있는데."

폿상이 '朋美' 옆에 '南無'라고 적었다. 무지막지하게 멋있는 글자였다. 무지무지 희미하지만.

부엌에서 시오리가 노래를 부르고 있었다. '가지랑 기름은 정말 친해요'라는 자작곡이어서 식구들은 '오늘 저녁도 마파가지인가?' 하고 생각했는데 아무래도 메뉴는 닭고기랑 채소를 초간장으로 조린 것인 모양이었다. 온 집 안에 새콤한 냄새가 진동하자 모두들 뱃시계가 꼬르륵 하고 울렸다.

"보고, 보고, 여러분께 보고가 있답니다~."

'가지랑 기름은 정말 친해요'를 끝내고 이번에는 '여러분께 보고가 있답니다'라는 노래를 부르기 시작했다. 하지만 어차피 아무것도 없을 게 뻔했다. 가지도 기름도 오늘 저녁 메뉴하고 전혀 상관이 없었던 것처럼.

이시타는 며느리의 노랫소리를 성가시게 여기면서 『현대 시조인 명감明鑑』을 조용히 읽고 있고, 가미코는 원탁에 수저랑 접시를 놓고 있었다. 욕실에서는 간타의 노랫소리가 들려왔다. 참 못 부르는 노래인데 아내가 부엌에서 부르는 '여러분께 보고가 있답니다'랑 조금 비슷한 느낌도 들었다.

세쌍둥이는 운동부와 수예부 활동으로 피곤한 각자의 공을 치하하고 있었다. TV에서는 버라이어티 프로그램의 웃음소리가 들려오고, 꼬꼬는 방 안에서 박군한테 받은 메모에다 새로운 정보를 덧붙이고 있었다.

朋美 南無
박군은 한국 사람 규사

도모미랑 똑같은데 붕미
패닉군은 싫다고 말한다.

자유 공책이 없다는 사실이 더욱 아쉽게 느껴졌다. 이렇게 유익한 정보를 써놓는 건데 달랑 종이 한 장짜리 메모로는 너무 불안했다. 자유 공책은 도대체 어디로 가버린 걸까? 풋상도 고다 메구미도 '틀림없이 어딘가에서 나올 거야' 하고 말해주기는 했지만.

꼬꼬는 메모를 아주 가늘게 접었다. 등을 구부리고 필사적으로 종이를 접고 있는 자기 모습은 미키 나루미를 연상케 했다.

미키 나루미도 뭔가 중요한 것을 적은 종이를, 그 사실을 잊어버리지 않게 몇 번씩 접고 있는 게 아닐까? 꼬꼬는 여태껏 별로 흥미를 느끼지 않았던 미키 나루미에 대해 관심이 생겼다. 그 종이에는 뭐가 적혀 있을까?

"다 되었다~!"

저녁 식사 준비가 끝났음을 알리는 시오리의 목소리와 간타의 "코~"라는 노랫소리가 동시에 들려왔다. 오늘은 "코"구나.

닭고기 채소 초간장 조림은 아주 맛있었다. 자칫 방심하고 있다가는 간타가 거의 다 먹어버릴 것 같은 기세였다. 특히 오늘은 이상할 정도로 신이 나 있어서 노래를 부르든지 아니면 먹든지 둘 중 하나만 해줬으면 싶을 정도였다.

"맛있다~."

무의식중으로 그렇게 말하는 도모미를 꼬꼬는 곁눈질로 관찰했다. 도모미는 음식이 너무 맛있어서 어쩔 줄을 모르겠다는 듯이 몸을 배배 꼬면서 초간장으로 조려져서 윤기가 흐르는 닭고기를 먹고 있었다.

'한심하기 짝이 없는 소시민 같으니!'

꼬꼬는 도모미가 한국인이었으면 어떨까 하고 상상해보았다.

리코, 마코는 일본 사람인데 도모미만 한국 사람이다. 도모미의 진짜 이름은 붕미다. 얼굴이 똑같은 것은 운명이 커다란 장난을 친 것이다. 도모미 혼자만 한국 사람이고 진짜 자식이 아니어서 리코, 마코랑 이름 돌림자가 다른 것이다.

도모미가 그런 사람이었다면 그냥 자수를 잘 놓고, "닭고기 너무 맛있어~!" 하고 말하고 있을 뿐인 진짜 도모미보다 훨씬 더 좋아해줄 수 있었을 텐데. 꼬꼬는 다차원 세계parallel world●의 도모미가 보고 싶었다.

"보고합시다, 보고합시다."

시오리가 시끄럽다. 게다가 오늘따라 원탁의 회전도 평소보다 빠른 것 같았다. 도대체 뭐가 저리 신이 날까?

"저기! 보고할 게 있어요."

● 이 세상에는 아주 흡사하지만 세부적인 부분이 조금씩 다른 무수한 차원의 세계가 동시에 존재한다는 이론.

보아하니 정말로 보고할 말이 있는 모양이었다. 그렇다고 해도 식구들이 그 말에 자세를 바로 할 리 없다. 시오리의 보고라고 해봐야 대개는 아주 사소한 것들이었다. 예를 들면 환풍기를 깨끗하게 청소했습니다, 가족 샴푸를 바꿨습니다, 요구르트를 맛있게 먹는 새로운 방법을 발견했습니다, 라는 식이었다.

"아빠가 말해요~."

"아니~, 엄마가 말해야지~."

주거니 받거니, 멍청한 부부다. 이시타는 그 모습에 금방 확 질려서 단가지 절임만 우걱우걱 씹었다. 기분이 나빠도 여전히 맛은 있었다.

"엄마한테 아기가 생겼어요!"

원탁의 회전이 한순간에 멈췄다.

큰 접시는 지금 리코 앞에 있는데, 그 리코는 입을 다물지 못했다. 마코도, 도모미도. 역시 세쌍둥이다. 놀라는 모습까지 똑같으니. 몇 초 있다가 "진~짜~야~?" 하고 묻는 소리까지도. 세 사람이 입을 모아 낸 목소리는, 나중에 들은 바에 따르면, 활짝 열어놓은 창문을 통해 밖으로 흘러서 폿상네 집에까지 들렸다고 한다.

"너희들, 어느새……."

가미코가 자기도 모르게 그런 말을 내뱉었다. 어느새 다음으로 올 말은 아마 어느새 '그렇고 그런 짓을' 하고 있었느냐는 것이겠지. 이 좁은 집 안에서! 이시타가 가미코를 노려보았다. 하지만 속으로는 그도 같은 심정이었다. 어느새. 재주도 좋다. 새끼손가락만 하던 간타의 물건이 머리에 떠올랐다. 그렇게 작고 달랑달랑 매달려 떨고 있던 고추. 울며불며 난리 치던 간타.

"지금 4개월이래요."

"예정일은? 언제 태어나요, 엄마?"

"1월 4일 예정입니다~!"

그렇다면 만든 건 봄이겠군. 이시타는 순간적으로 계산해버린 스스로가 부끄러웠다. 하지만 가미코는 그만 참지 못했다.

"그럼 올봄에……."

세쌍둥이가 소리 내서 웃었다.

"대단해~! 대단해~!"

그런 이야기를 좋아할 나이다. 아무리 그렇다 해도 막상 자기 부모 이야기가 되면 그런 식으로 받아들이기가 좀 힘든 것 아닌가?

"대단해요, 아빠!"

"힘 많이 썼네!"

"힘을 썼다니, 그게 뭐야, 마코?"

"하지만 그렇잖아~!"

"아빠 몇 살이야? 이야~, 정말 대단한데!"

아니, 세쌍둥이는 전혀 상관이 없는 모양이었다. 노보세이라는 학교는 성교육도 자유로운 풍토인가 보지?

"꼬꼬한테 여동생이나 남동생이 생기는 거네."

가족들의 정신없는 소동에 아랑곳없이 꼬꼬는 조용히 놀라고 있었다. 여동생? 남동생? 생긴다고?

꼬꼬는 그런 점에서는 아직도 한참 어렸다. 부끄러운 고백이지만 요코야마 세르게이가 말했던 '남자의 그거를 여자 거기에 넣었다 뺐다 한다'라는 말의 뜻도 잘 이해하지 못하고 있었다.

아기는 생각과 뜻을 가지고 있는 '무엇인가'가 데리고 온다고 생각했다. 황새가 데려다 준다는 식의 얼토당토않은 생각은 아니지만 더 위대한 무엇. 예를 들자면 폿상이 항상 말하는 수노인 같은 '무엇인가' 혹은 '누군가'가 특별한 부부를 선정해서 아기를 점지한다고 생각하고 있었다.

간타와 시오리. 우리 엄마 아빠가 또다시 선정되었다는 말인가?

"꼬꼬, 너도 좋아?"

꼬꼬는 아무 말도 할 수가 없었다. 흥분되기는 하지만 기쁘지는 않았다. 실감 나지 않는다고 해야 하나. 엄마의 배를 가만히 쳐다보아도 생명에 관한 무언가가 그 안에 있다는 느낌은 전혀 들지 않았다. 내 여동생. 내 남동생. 그건 꼬꼬가 바라는 바가 아니었다.

"별로 안 좋아."

꼬꼬의 반응에 원탁이 또다시 멈췄다.

"어째서?"

할머니가 물었다. 약간 불안한 표정이었다.

"어째서고 뭐고 그냥 안 좋아. 하나도. 왜 다들 그렇게 좋아하는 거야?"

"왜냐니, 그야 식구가 늘어나는 건 기쁜 일이잖니."

"어째서 식구가 늘어나는 게 기쁜 일이야?"

"어째서라니……."

할머니는 난처한 얼굴로 다른 식구들을 둘러보다가, 남편인 이시타를 쳐다보았다. 이시타는 말없이 밥만 먹을 뿐이었다.

"있잖아……."

시오리가 부드럽게 말을 시작했다.

"남동생이나 여동생이 생겨도 꼬꼬가 사랑스럽고 예쁜 건 하나도 변하지 않을 거야."

그게 아니라!

그딴 건 아무래도 상관이 없다. 남동생이나 여동생한테 질투하고 있는 게 아니다. 그저 가족이 늘어나는 일은 마냥 기뻐해야 할 일이라는, 아주 당연히 결정되어 있는 듯한 반응이 너무 이상하고 섬뜩할 뿐이지. 게다가 꼬꼬는 처음부터 자기가 제일 예쁨을 받아야 한다고 생각한 적이 한 번도 없었다. 추양에 대한 반응처럼 '아무리 그래도 그 애는 너무 외롭겠다' '불쌍하다'같이 그렇게 딱하고 애처롭게 여겨주었으면 할 뿐이지.

동생이 생긴다는 일. 그 일로 한껏 들뜬 가족.

간타가 말했다.

"가족이 늘어나면 더 큰 집으로 이사 가야지, 꼬꼬."

그러자 원탁이 들뜬다. 와와와와와.

"잘 먹었습니다."

꼬꼬는 동물을 키우고 싶다. 나무처럼 몽실몽실하고 부드러운 동물.

남동생도 여동생도 필요 없다.

저녁 식사 후에 제각각 들떠 있는 식구들을 내버려두고 꼬꼬는 퐛상을 만나러 베란다로 갔다.

"이사는 어디로 가는데?"

"어디로 갈까? 그래도 일단 아기가 어느 정도 자랄 때까지는 그냥 여기 있어야겠지."

"뭐야, 그럼 당장 가는 게 아니고?"

"그러려면 돈이 드는데, 안 그래도 아기가 태어나면 쓸데도

110

많아질 테고.”

“에~이, 시시해.”

“난 또 역 앞의 호스티스 아파트 정도로 이사하게 될 줄 알았는데.”

“무슨 말도 안 되는 소리! 이사한다고 해도 그렇게 으리으리한 아파트에는 못 가.”

“우리 옆집이 이사 가서 비면 좋겠다.”

“아, 드라마에서 나오는 것처럼! 베란다로 왔다 갔다 하는 거지?”

“아~, 그거 하고 싶다! 진짜 재미있을 것 같은데.”

“그나저나 우리 아빠 진짜 힘썼네.”

“옛날에는 늦둥이 보는 게 창피한 일이라고 했는데.”

“할머니, 그게 무슨 소리야?”

“나이 먹어서 애가 생기는 걸 옛날에는 창피한 일이라고 여겼다고.”

“아~.”

“아~.”

“그런 얼굴들 하지 마.”

세쌍둥이와 엄마, 아빠, 그리고 할머니까지 흥분해서 말을 주고받는 우즈하라네 집은 시끄럽기 짝이 없었다.

꼬꼬는 베란다로 나갔다.

"폿상~!"

예전에 둘이서만 알 수 있는 비밀 신호를 정해두자는 이야기를 한 적이 있다. 하지만 플래시로 비추는 것도, 베란다 철책을 두드리는 것도, 서로 알아차리지 못하거나 아니면 혹시 신호인가 싶어서 베란다에 나가보니 그냥 바람 때문에 울려서 그랬던 적도 있어서 결국 단순하게 '이름 부르기'로 낙착이 되었다.

"폿상~!"

창가에 그림자가 비쳐서 폿상인가 싶었더니 다섯 살 많은 폿상네 형이 나왔다.

"오빠, 폿상 있어?"

"지금 목욕한다."

두꺼운 안경이 가로등 빛에 반사되어 번쩍였다. 다섯 살 많은 폿상의 형은 총명해서 더 이상 아무 말도 하지 않았지만 그렇다고 베란다에서 안으로 들어갈 기색도 없었다. 꼬꼬도 그대로 베란다에서 다섯 살 많은 폿상네 형이랑 마주 보고 있었다.

"폿상은 목욕하는 데 얼마나 걸려?"

"2분 정도."

"되게 빠르네."

"까마귀 목욕이지."

112

"무슨 목욕?"

"까마귀."

"까마귀 목욕이라는 게 목욕을 빨리한다는 뜻이야?"

"까마귀가 웅덩이에서 물 한 번만 혹 끼얹고 나가는 모습에서 나온 말이야."

꼬꼬는 메모를 하려다가 순간 생각이 났다. 자유 공책이 없다는 사실을. 정말이지 도대체 어디로 가버린 거야. 꼬꼬는 한숨을 쉬었다.

어휴~.

이 한숨 쉬는 걸 꼬꼬는 좋아한다.

보아하니 세상 사람들은 '한숨'을 '안 좋은 것'이라고 생각하는 모양이다. TV에서도 "자, 한숨 따위는 쉬지 말고!" 같은 말을 하는 걸 간혹 들을 때가 있으니까. 꼬꼬는 '한숨 따위'라고 할 때의 '따위'에 혐오감을 느낀다. 왜 '한숨'을 그렇게 가볍게 여기는 거야?

'휴우'라든지 '어후~'라든지 우울한 표정으로 숨을 내쉬면 몸에서 힘이 빠지면서 어떠한 일에 대해서건 별로 집착하지 않게 된다. 그게 좋다. 기개 있게 의욕적으로 사물에 대처하는 자세만이 좋고 훌륭하다고 할 수는 없지 않은가. 꼬꼬는 한숨을 쉰다. 내쉰다.

"휴우~."

하늘을 올려다보니 아빠가 깎은 손톱처럼 생긴 하현달이 떠 있었다. 하얗게 빛나고 있었다. '무슨 무기로 쓸 수 있겠다' 하고 꼬꼬는 생각했다. 저런 걸로 확 찔리면 아프겠다. 무지무지.

"아기가 태어나는 거야?"

다섯 살 위의 오빠가 그렇게 말했다.

폿상네 형이 먼저 말을 거는 일은 아주 드물기 때문에 꼬꼬는 무척 놀랐다.

"맞아. 여동생이나 남동생이 태어난대."

"여동생이나 남동생."

"어떻게 알았어?"

"우리 집까지 들렸어."

"바보같이, 목소리가 너무 크다니까. 어휴~."

"한숨 쉬냐?"

"응."

"이 타이밍에서?"

"한숨 쉬는 걸 좋아해."

"그래."

다섯 살 많은 오빠랑 이런 이야기를 한 건 처음이다. 꼬꼬는 새로운 무언가를 발견한 것 같은 기분이 들었다.

"후우~."

다섯 살 많은 오빠의 표정은 반짝이는 안경 때문에 알 수가 없었다. 하지만 다섯 살 많은 오빠는 여동생이나 남동생이 생겨서 좋으냐는 식의 복잡하고 귀찮은 질문을 하지 않아서 참 좋다고 꼬꼬는 생각했다.

"후우~."

꼬꼬의 한숨 따위는 달까지 닿지도 않는지 달은 그저 고요하기만 했다. 고요하게 빛나고 있다.

다섯 살 많은 오빠는 달을 닮았다.

폿상은 정말로 금방 목욕을 하고 나왔다.

땀을 다 닦고 나왔는데 미안하지만, 하고 말한 다음 꼬꼬는 폿상한테 아래까지 내려와 달라고 했다.

"잠깐 폿상 좀 보고 올게."

"얘~, 꼬꼬. 시간도 늦었는데 어디 가려고?"

시계를 보니까 여덟 시 반이었다. 하긴 이 시간이면 초등학교 3학년생이 서로 만나기에는 너무 늦었는지도 모른다. 꼬꼬가 애원하듯이 할아버지를 쳐다보자 이시타는 손녀의 뜻을 헤아렸는지 나도 가겠다고 말했다. 할아버지가 옆에 있어주면 든든하다. 이시타는 『일상 영어회화 사전』 한 권을 옆에 끼고 꼬꼬랑 같이 문을 열었다.

최근에 이 주택단지에도 '변태성욕자'라고 불리는 인간이 어슬렁거린다고 한다. 풋상의 말에 따르면 여자애들한테 '보이면 안 되는 데'를 보이기도 하고, 몸 여기저기를 막 더듬기도 한다고 했다.

"이제 완전히 여름이구나."

이시타는 손을 잡거나 '괜찮니' 하고 걱정을 하는 식으로 꼬꼬를 어린애 취급하지 않는다. 꼬꼬는 그 점을 아주 좋게 생각하고 있다. 이시타는 지금도 꼬꼬가 걱정되어서 같이 나온 것 같은 티는 조금도 내지 않고 우아하게 여름의 기척을 즐기고 있다.

바깥으로 나오자 풋상이 밑에 서 있었다. 이시타를 보더니 기쁜 얼굴로 웃었다. 풋상은 이시타를 한없이 수노인에 가까운 인물이라고 여겼다. 그래서 소중한 책가방에 '壽' 자를 이시타에게 써달라고 했다.

"풋상, 미안해. 목욕까지 다 했는데."

"아…… 아니야, 괜…… 괜찮아. 겨…… 겨울이었으면, 무…… 문제였겠지만."

주택단지 앞에 있는 벤치에 나란히 앉았지만 당장 무슨 이야기를 하는 건 아니었다. 이시타는 가로등 불빛 아래서 『일상 영어회화 사전』을 펼친다.

"고…… 고토코네 집에, 아…… 아기가 태어나?"

"그래. 다섯 살 많은 오빠한테 들었어?"

"아…… 아니. 고…… 고토코네 집에서, 소…… 소리가, 드…… 들렸어."

"바보같이. 목소리가 너무 크다니까."

"오…… 온 단지에, 저…… 전부 다 들렸을지, 모…… 몰라."

이시타가 펼친 페이지에는 '스시 SUSHI'라고 되어 있었다. 스시는 영어로도 '스시'인 것이다. 그런데 예문은 '사람들은 스시처럼 한군데 몰려 있었다. PEOPLE WERE PACKED IN LIKE SARDINES'라고 되어 있었다. 스시 이야기는 어디에도 없었다. 외국인들은 변덕이 심하다.

"나한테 여동생이나 남동생이 생긴대."

"조…… 좋은 일이네."

"좋은 일이야?"

"그…… 그럼."

"어째서?"

"어…… 어째서라니, 새…… 생명의 탄생은, 머…… 멋진 일이니까."

"어차피 생명이 탄생하는 거면 나한테는 차라리 강아지나 고양이가 더 좋은데."

"그…… 그래."

"강아지나 고양이는 내가 이 단지에 사는 한 키울 수 없다고 생각했거든. 그런데 아기가 태어난다니까 아주 간단하게 이사하겠다고 하지 뭐야, 아빠가."

"응."

"어차피 이사하는 거면 아기가 생기는 게 아니라 강아지나 고양이가 생겼으면 좋겠어. 난 여동생도 남동생도 필요 없어."

"그…… 그래."

"너도 말이야, 내가 앞으로 생기는 남동생이나 여동생을 질투하고 있다고, 그딴 식으로 생각하지 마. 절대로 아니니까. 난 전혀 그런 게 아니라 그냥 여동생도, 남동생도 필요하지 않다고. 그래서 생긴다고 해도 기쁘지 않다고."

"하…… 하나도 안 좋아?"

"안 좋아. 어째서 가족들 모두가 하나같이, 당연한 듯이, 저렇게 바보처럼 좋아라만 하는지, 나는 그게 이해가 안 가."

"아…… 안 좋으면, 기…… 기뻐하지 않아도, 괘…… 괜찮아. 고…… 고토코."

"그래?"

"그…… 그래."

이시타는 속으로 폿상을 든든하게 생각한다. '든든하게 여기다' '믿음직하다'는 'RELIABLE'이라고 한다. '릴라이어블'한 폿상.

"가끔씩 내가 하는 말 때문에 주위 사람들이 이상해질 때가 있어."

"이…… 이상해질 때?"

"응. 꼬꼬는 어째서 그런 식이냐고 생각하는 것 같아."

"그…… 그래."

"오늘만 해도 그래. 박군의 부정맥이 난 부러웠거든. 그래서 내가 부정맥이 된 게 난 엄청 기뻤어. 하지만 지비키는 그때 화가 났었어. 분명히."

"그…… 그랬지."

"그치? 그런데 왜 화가 났지?"

"고…… 고토코가, 부…… 부정맥도 아닌데, 흉내 내고 있다고, 새…… 생각했나 보지."

"흉내는 흉내였지. 난 박군처럼 정말 죽을 것 같다고 느끼지는 않았으니까. 하지만 그렇다고 어째서 화를 냈는지 난 모르겠어."

"부…… 부정맥은, 주…… 죽을 것 같다고, 새…… 생각할 만큼, 괴…… 괴로운 거잖아. 그런데, 그…… 그걸, 건강한 고…… 고토코가, 휴…… 흉내 내는 게, 나쁘다고 생각했겠지."

"건강한 사람은 흉내 내면 안 되는 건가?"

"아……아프지도 않은데, 아…… 아픈 척하면, 아…… 안 되는 거겠지."

"어째서?"

"가…… 가볍게 생각해서, 자…… 장난친다고, 여…… 여기는 사람도 있을 테니까.”

“가볍게 생각하는 거 아냐. 난, 정말로, 진짜로, 부정맥이
되고 싶은 거야.”

“고…… 고토코의 마음은, 나…… 난 알아. 너…… 넌,
그…… 그런 게 아니라고, 나…… 난 알고 있어. 하…… 하지
만, 그…… 그런 식으로, 새…… 생각하는 사람도, 이…… 있
을 수 있지. 그때 바…… 박군은 없었지만, 마…… 만약에 있
었으면, 누…… 눈앞에서, 고…… 고토코가, 부정맥도 아닌
데, 괴…… 괴로운 척하고 있었으면, 바…… 박군은, 화……
화가 났을지도, 모…… 몰라.”

“그건 말도 안 돼. 난 부러워서 그런 건데. 멋있는 사람 흉
내 내는 게 잘못된 거야?”

“너…… 너는, 머…… 멋있다고, 새…… 생각할지 모르지
만, 보…… 보통 사람들은, 그…… 그렇게 생각하지 않아.
부…… 부정맥에 걸린 사…… 사람은, 히…… 힘들겠다고 생
각하지.”

“보통 사람들은 힘들겠다고 생각할지 모르지만 난 멋있다고
생각한다고. 힘들고, 죽을 것처럼 괴로운 느낌을 경험할 수
있다니 무지무지 멋있다고 생각한단 말이야.”

“응.”

“그런데도 잘못된 거야?”

이시타는 '멋있다 COOL'이라는 단어를 찾아놓고 가만히 고토코와 폿상이 주고받는 이야기를 듣고 있었다. 여전히 달은 하얗게 빛나는 게 '쏘쿨'이었다.

"고…… 고토코."

"왜."

"예…… 옛날에, 너, 내 마…… 말투, 무…… 무지무지, 흉내 낸 적 있었지?"

"응."

"그…… 그러다, 서…… 선생님한테, 마…… 많이, 혼났지?"

"응. 기억나. 유치원 때였을 거야. 폿상이 어떻게 생각하겠느냐고 야단맞았어."

"나…… 난 말이야, 니…… 니가, 지…… 진심으로, 내 마…… 말투를, 머…… 멋있다고 생각해서, 그…… 그런 거라고, 아…… 알았기 때문에, 조…… 좋았어. 하…… 하지만."

"응."

"그…… 그건, 내…… 내가 너를, 자…… 잘 알아서 그런 거고. 아…… 아무래도, 휴…… 흉내 내는 건, 보…… 보통은, 안 좋은 거야."

"어째서?"

"내 마…… 말투는, 더…… 더듬는다고 해서, 세…… 세상에서는, 아…… 안 좋은 걸로, 생각하거든. 부…… 부정맥하고

121

똑같아. 거…… 건강한 사람이, 안 좋은 걸, 휴…… 흉내 내는 건, 아…… 안 좋은 거야. 노…… 놀리는 거라고, 새…… 생각할 수 있거든.”

“말 더듬는 건 알고 있어. 퐁상이 가르쳐주었잖아. 하지만 그게 왜 안 좋은 건데? 이렇게 멋있는데.”

“난, 니…… 니가, 그…… 그렇게 말해줘서, 나…… 나에 대해서, 머…… 멋있다고 생각할 수 있게, 되…… 되었지. 하…… 하지만, 그…… 그 전까지는, 부…… 부모님도, 내 마…… 말투를, 고…… 고치려고 열심이었고, 나…… 남들이, 자…… 자꾸 되묻는 것도, 저…… 정말 싫어했어.”

“그랬구나.”

“그…… 그래. 어…… 엄마도, 내가 부…… 불쌍하다고 생각했어. 나…… 난, 그…… 그런 식으로 여겨지는 게 시…… 싫었어.”

“왜 싫었는데? 불쌍하다고 여겨지는 게 왜 싫었는데?”

“고…… 고토코. 그…… 그건, 니가, 부…… 불쌍하다고, 여겨지는 일이, 어…… 없어서 그래.”

“내가?”

“그…… 그래. 고…… 고토코는, 불쌍하다고 여겨지는 일이 없어. 어…… 없으니까, 부…… 불쌍하다고 여겨지는 사람의 기분을, 모…… 모르는 거야.”

"난 몰라."

"나…… 난, 화내는 게 아냐."

"알고 있어. 폿상은 화를 내는 게 아니라고."

"고…… 고토코가, 지…… 진심으로, 멋있다고 생각하고 있어도, 보…… 본인은, 무…… 무지무지, 시…… 싫어하는 경우도, 이…… 있어."

"고다 메구미도?"

"누…… 눈 다래끼?"

"그래. 눈 다래끼도 흉내 내면 안 되는 거야?"

"휴…… 흉내 내고 싶은, 시…… 심정은, 알겠어. 아…… 안 대는, 머…… 멋있으니까."

"그럼 지비키도 화 안 낼까?"

"어…… 어쩌면, 아…… 안 낼지도, 모…… 모르지."

"그럼 어째서 부정맥은 화를 내는 거야?"

"부…… 부정맥은, 주…… 죽을 지경으로, 아…… 아파서 그러는 게, 아…… 아닐까? 누…… 눈 다래끼는, 주…… 죽을 정도로, 아프지는 않으니까."

"하지만 폿상도 말 더듬는 게 죽을 정도로 아프지는 않은 거잖아."

"그…… 그렇지."

"그래도 더듬는 건 흉내 내면 안 되잖아."

"그…… 그렇지."

"그 차이를 모르겠어."

"차…… 참 어렵다."

이시타는 물론 이미 'DIFFICULT'를 찾아놓았다. 지금 아주 디피컬트한 문제에 대해 고토코랑 퐂상이 이야기하고 있다. 머리가 좋은 아이는 참 멋지다고 이시타는 생각했다.

퐂상도, 고토코도, 생각하고 있었다.

이시타는 그 머리를 꽉 깨물고 싶었다. 우두둑 깨물어 씹어서 자기 것으로 만들고 싶었다. 자기가 펼쳐놓고 있는 책보다, 혹은 그 무엇보다, 유익하면서도 아무 쓸모 없으면서도 훌륭하면서도 멍청한 온갖 것들이 그 땀내 나는 머릿속에 가득 차 있는 것이다. 상상도 못할 그 무언가가.

"아…… 알았다. 보…… 본인이, 그걸 어…… 얼마나 싫어하느냐, 그 차…… 차이가 아닐까?"

"본인이?"

"바…… 박군의 부정맥도. 고다 메구미의 누…… 눈 다래끼도. 본인이 머…… 멋있다고 생각하고 있으면, 괘…… 괜찮지만, 본인이 시…… 싫어하면, 아…… 아무것도 휴…… 흉내 내지 않는 게, 조…… 좋지 않을까?"

"하지만 그럼 그걸 어떻게 알 수 있는 거야? 본인이 싫어하는지, 아님 멋있다고 생각하는지."

"사…… 상상하는 수밖에, 어…… 없겠지."

그때 "IMAGINE 이매진" 하고 이시타가 중얼거렸다. 『일상 영어회화 사전』을 펼치지 않아도 이매진 정도는 알고 있다.

"이매진?"

"상상하다, 라는 뜻의 영어 단어다."

"그래요?"

폿상은 수노인을 바라보는 것 같은 눈길로 이시타를 보았다. 이시타는 쏘쿨이다. 물론 폿상이 '쿨'을 알 리는 없지만.

"폿상, 그리고 고토코."

이시타의 목소리는 바람이 불어도 지워지지 않는다. 낭랑한 미성이다.

"이매진은 나이가 들면 알게 되는 수도 있다."

"이매진의 뜻?"

"아니. 상대방이 어떻게 생각하는지는 나이가 들면 더 잘 알게 되는 수도 있다는 말이다. 고토코는 죽는 게 무섭지 않지?"

"안 무서워. 하나도. 죽고 싶다고 생각할 때도 있고."

"그…… 그래?"

"그렇다니까. 그래서 부정맥도 나쁜 일이라는 생각이 안 드는 거고. 멋있잖아. 보트 피플도 멋있고. 나는 그런 식으로 죽고 싶어."

"폿상은 어떠냐?"

"나…… 난 무서워. 주…… 죽고 싶지 않아."

"그렇구나. 그럼 어쩌면 고토코보다 풋상 쪽이 이매진인지도 모르겠군."

"죽는 게 무서우면 이매진이야?"

"죽는 게 무섭다는 건 바로 사는 게 소중하다고 느낀다는 뜻이니까."

이시타의 입에서 나오는 명조체 단어들은 주변의 소리를 앗아간다.

"고토코도 죽는 게 무섭다는 걸 알게 되면, 어쩌면, 이건 어쩌면이지만, 알게 될지도 모르지. 상대방이 어떻게 생각하는지. 보트 피플이었던 사람들이 어떤 기분이었는지. 박군이 무엇을 느끼고 있는지."

"그래도 모르면? 그럼 난 나쁜 사람이야?"

"나쁜 사람은 아니지. 하지만 고토코가 힘들어지게 될지도 모르고, 그 이상으로 다른 사람을 힘들고 괴롭게 느끼게 할지도 모른다."

"이…… 이매진은 아주 중요한 거네요."

"나는 말이다, 나는, 그렇게 생각한다. 풋상이랑 고토코가 어떻게 생각할지는 각자가 정하면 되는 거야. 다만 자기가 생각하고 말한 것에 대해서는 책임을 질 줄 알아야 해."

"책임?"

"그래. 예를 들면 고토코가 풋상의 말투를 멋있다고 생각한다면 그 생각에 책임을 져야 된다. 어쩌면 그렇게 생각한 것때문에 풋상을 마음 아프게 할 수도 있지만, 그래도 그건 자기가 진심으로 생각한 일이라고 말할 수 있어야 해. 당당하게 말이지."

"알았어."

이시타는 생각했다. 아마 고토코는 앞으로 꽤나 힘든 일을 많이 겪게 되리라고.

"이매진."

꼬꼬는 자유 공책이 필요하지 않은 모양이다. 이시타의 '이매진'은 참으로 아름답고, 고고하게, 꼬꼬의 땀내 나는 뇌 안에서 빛나고 있으니까.

그날 밤, 이시타는 꿈을 꾸었다.

간타의 작은 고추에서 새하얀 정액이 튀어나왔다.

그게 반짝반짝 빛나면서 온 세상을 덮어버렸다.

"우즈하라."

수업이 끝난 후에 수예부실이 되어버린 가정과실에 있던 도모미는 등 뒤에서 누군가가 갑자기 부르는 소리를 들었다.

'다마사카 부장……. 이번에도 완전히 아무런 기척 없이 나타났어……!'

다마사카 부장은 평소 같으면 상당히 멀리 떨어져 있어도 '시어머니' 기척을 느끼게 만들었다. 그 존재감이 예사롭지 않기 때문이다. 예를 들면 화장실에 들어갔을 때도, 다마사카 부장이 칸막이 안에 있으면 부원들은 그 기척을 느낄 수 있었고, 반대로 자기들이 칸막이 안에 있을 때 다마사카 부장이 화장실로 들어오면 그 또한 곧바로 알 수 있었다.

'……있다!'

그 존재감 때문에 부원들 사이에서는 '대장'이라고 불리는 경우도 있다. 어쩌면 그게 '시어머니'보다도 그녀의 본질을 더 잘 드러내는 별명인지도 모른다. 다마사카 부장은 기氣의 파동만으로 대치하는 상대를 무너뜨릴 수 있는 인물인 것이다.

그런데 더욱 두려운 일은 이렇게 부원들의 작업을 지켜볼 때 자신의 기척을 완전히 지워버리는 술수까지 습득하고 있다는 사실이다. 지금껏 아무도 그녀처럼 그 술수를 터득한 사람이 없었다.

다마사카 부장이 자신의 기척을 없애는 데에는 이유가 있다. 우선은 바느질에 집중하고 있는 부원들을 긴장시켜서 작업에 지장을 초래하는 일이 없도록 하기 위해서이다. 또한, 여태껏 진행된 작업을 느닷없이 점검함으로써 다른 사람이 알지 못하는 사이에 실 묶기를 느슨하게 하지는 않았는지, 엉킨 실을 조심스럽지 못하게 확 끊어버리지는 않는지 등을 확인하기 위해서다.

부원들의 부상을 그 무엇보다도 꺼리는 다마사카 부장임에도 불구하고 이 '기척을 지우고 갑자기 다가가서 말 걸기' 기술 때문에 깜짝 놀란 부원이 바늘을 너무 깊이 찌르는 바람에 손가락에 유혈사태가 발생하는 일도 종종 있었다.

그러면 다마사카 부장은 '내 그럴 줄 알았다!'는 표정으로 대장의 관록을 보여준다.

"몇 번이고 말했지. 바늘을 들고 있을 때는 정신을 똑바로 차려야 한다고. 죽고 싶나!"

부원은 "네!" 하고 소리 내어 대답한 다음 다시 기합을 넣어서 바느질에 임했다. 이때 어느 부원도 절대로 '부장이 기척 없이 다가서니까……' 하고 변명을 하는 일이 없었다. 모두 투구만 쓰지 않았을 뿐, 틀림없는 전사들이다.

오늘 도모미는 여태껏 한 몇 번의 경험을 살려서 간신히 바늘에 찔리는 사태를 방지할 수 있었다.

'큰일 날 뻔했네……'

다마사카 부장의 안경 안쪽에 있는 눈이 번뜩였다.

"우즈하라, 잘 봐라. 개미는 검은색으로만 되어 있지 않을 텐데."

도모미가 자료로 사용하고 있는 꼬꼬의 자포니카 자유 공책에 그려진 개미는 얼핏 보기에 검게 빛나는 몸을 가지고 있다.

하지만 부장의 말대로 자세히 보니 그 윤이 나는 몸에는 아주 희미하게 개미가 기어오르는 꽃줄기의 녹색이나 그 뒤로 있는 배경 하늘의 푸른색, 무지개의 일곱 가지 색이 녹아들어 있다. 그것을 표현하지 않고서 이 개미의 모습을 파악했다고 안일하게 생각하면 안 된다고 대장은 지적하고 있는 것이다.

'하지만 이걸 재현하려고 하면⋯⋯.'

거의 정밀화를 그리는 수준의 작업이 될 것이다. 내가 가진 자수 기술로 그게 가능하기나 할까? 도모미는 자꾸만 불안해졌다.

그런 도모미의 불안감을 간파했는지 다마사카 부장은 손을 도모미의 어깨에 얹었다.

'너라면, 할 수 있다.'

이제는 말없이도 커뮤니케이션이 가능하다.

도모미는 부장의 손이 얹어져 있는 어깨에서 심상치 않게 후끈한 열기를 감지하면서 감동해서 고개를 끄덕였다. 아아, 손가락 끝에서 힘이 샘솟는 것 같았다.

완전히 잊어버리고 있는 것 같은데, 도모미, 그 자유 공책은 동생이 소중하게 여기는 것이거든.

여름방학이 끝나면 다마사카 부장은 고입 시험을 위해 수예부 활동에서 은퇴하기로 되어 있다. 다마사카 부장은 학업 따위는 자신에게 필요하지 않다, 자기에게는 바늘과 뭐든 천 쪼가리 같은 것만 있으면 그것만으로도 충분히 먹고살 수 있다고 부모님을 설득했는데, 아무리 그래도 고등학교는 졸업해야 하지 않겠느냐고 부모님이 애원해서 하는 수 없이 사립 고등학교의 가정과에 들어가기 위해 시험을 보기로 했다. 참으로 정이 많은 대장이다.

차기 부장은 도모미가 될 것이라고 부원들 모두가 짐작하고 있었고, 도모미도 그걸 느낄 수 있었다. 다마사카 부장이 자기를 바라보는 눈길은 엄하기 짝이 없었다. 지나칠 정도로 엄하다.

"자, 다 됐다. 그럼 티파티를 시작해볼까요?"

가정과실 뒤쪽 반에서는 요리부가 오늘의 과제인 '블루베리 머핀'을 만들어서 이제부터 티파티를 시작하려 하고 있었다. 앞쪽 반인 수예부와는 분위기가 그야말로 천지 차다.

다마사카 부장은 요리부와 수예부의 부실을 분리시켜달라고 끝까지 주장했지만 그 소원만큼은 이루어지지 않았다. 재봉도구도, 조리도구도 가정과실에 다 있고, 각각의 부원은 수예부가 네 명, 요리부가 일곱 명이었다. 이 정도 인원을 가지고 각각 다른 부실을 달라고 요구할 수는 없는 노릇이었다.

"오늘은 애플 티를 마셔볼까?"

달콤한 애플 티와 머핀 냄새가 풍겨왔다. 그 냄새는 가정과실을 떠돌다가 창문을 통해 운동장으로 빠져나갔다. 소프트볼 부의 포수 마코는 한창 운동을 하다가 '뭐지 이 좋은 냄새는?' 하며 포수 글러브를 집어던졌다.

"달콤해, 달콤해, 달콤해, 으음~ 달콤해!"

"뭐야, 어디서 우아한 냄새를 풍기고 난리인 거야?"

소프트볼 부원들은 냄새에 미혹되어서 엉뚱한 곳에다 공을 던지질 않나, 날아온 공을 놓치지 않나, 난리였다. 참다 못한 코치 선생님이 소리를 질렀다.

"다들, 집중해라!"

이 상황에서 어떻게 집중하란 말이야!

자의식과 부끄러움 때문에 조그만 도시락을 먹는 둥 마는 둥 하고는 수업 후에 힘든 운동부 활동을 하고 있는 성장기 소녀들 코끝에 이런 냄새가 풍겨오는데, 도대체 어디에 집중할 수 있단 말인가.

다른 운동부의 남학생들, 축구부, 야구부, 핸드볼부 등의 남학생들도 입을 모아 말했다.

"달달한 냄새 때문에 미쳐버리겠다!"

"요리부, 요리부, 요리부, 요리부."

요리부에 예쁘게 생긴 학생이 많은 것도 남학생들이 난리를 치는 이유 중 하나다.

"집중해야지!"

어떻게 집중하란 말이야, 이 상황에서!

예쁜 여학생들이 애프터눈 티라는 걸 우아하게 즐기고 있는 옆에서 한창 사춘기인 수컷들이 도대체 무엇에 집중할 수 있단 말인가.

'그에 비해서 수예부는 냄새도 안 풍기고, 집중할 수 있어서 참 좋다.'

이게 학교 내의 공통된 인식이다. 남학생들은 이렇게도 생각한다.

'수예부 부원들한테 정신 빼앗기는 일도 없고, 집중할 수 있어서 참 좋다.'

하지만 그중에도 전쟁터에서 피는 꽃처럼 찬란하게 빛나는 사람이 있었으니, 그게 바로 도모미다.

도모미는 순박하다고나 할까, 약간 촌스러운 분위기가 있다는 점은 부인할 수 없다. 그래도 화사한 데다 애인까지 있는 리코나 방방 뜨는 말괄량이같이 보이는 마코보다는 예쁘지만 어딘지 촌스러운 느낌이 드는 도모미가 결국 제일 인기가 많았다. 그런데도 도모미는 자기의 그런 매력에 대해서 잘 몰랐다. 예를 들면 리코, 마코의 얼굴을 보면서 '내 자매들은 정말 예쁘게 생겼다'라고 생각하면서도 자기도 똑같은 얼굴을 가졌다는 사실을 잊고 있는 식이다.

"고양이 새끼들도 제각기 개성이 있는 법이다."

언젠가 이시타가 한 말처럼 세쌍둥이라도 성격이나 분위기는 태어날 때부터 조금씩 다르다. 꼬꼬의 눈으로 볼 때는 '똑같은 얼굴을 가지고 지지배배 시끄럽기만 한 언니들'이지만 각자 서로 다른 개성을 가지고 서로 다른 방향을 향해 가고 있다. 열네 살. 그녀들은 아름답다.

도모미는 요리부가 풍기는 폭력적으로 좋은 냄새 때문에 미칠 지경이 되어서도 바늘을 계속 움직이고 있었다. 마치 고행을 하는 것 같았다. 그런 점에서 낯빛 하나 변하지 않는 다마사카 부장은 삼라만상의 이치를 통달한 고승 같은 존재인지도 모른다.

수예부의 부훈은 '한 땀 한 땀에 혼을 심는다'이다. 액자의 그 글씨도 모두 수놓여 있다. 붓글씨의 이어지는 곳, 끊어지는 곳까지 그대로 재현해놓은 다마사카 부장 혼신의 역작이다.

"우즈하라, 그 자수는 할머니께 드리는 거라고 했지?"

"맞습니다, 다마사카 부장님."

"언제까지?"

"할머니 생신이 8월 15일이니까, 앞으로 한 달 정도 남았습니다."

"서둘러라. 하지만 꼼꼼하게."

"네!"

개미의 머리 부분은 조금만 더 하면 완성된다. 힘내라 도모미. 이걸 다한 다음에는 아기의 배냇저고리에 수를 놔줘야지. 아기니까 모양은 애벌레 같은 걸로 해야겠지. 도모미는 식구가 늘어난다는 사실이 좋아서 어쩔 줄을 몰랐다.

도모미는 꼬꼬가 태어났을 때 얼마나 좋아했는지 모른다. 리코, 마코랑 같이 손을 마주 잡고 좋아서 깡충깡충 뛰었다.

꼬꼬는 '아부~, 아부부~' 하고 뭔가를 이야기하곤 했고, 그 소리는 아무리 들어도 싫증이 나지 않았다. 도모미의 얼굴을 마치 마법이나 뭐 그런 것처럼 빤히 쳐다보다가 도모미가 움직이면 달콤한 알사탕 같은 눈동자가 그 움직임을 좇았다. 손가락을 내밀면 주저 없이 그걸 쥐었는데 생각보다도 강한 그 힘에 놀라서 도모미는 환성을 질렀다.

세쌍둥이는 여섯 살이었다. 자기들은 이 세상에서 제일 작은 인간들이라고 생각하고 있었다. 힘도 없고 약하기만 한 존재라고 생각하고 있었다. 하지만 꼬꼬를 보았을 때 상상을 초월하는 그 부드러움에, 그 작음에, 청결한 냄새에 깜짝 놀랐다.

꼬꼬는 여동생도 남동생도 갖고 싶지 않다고 말한다. 여덟 살. 어린애로 돌아가려는 것은 아니겠지. 꼬꼬는 정말로 식구가 늘어난다는 사실이 싫은 것일까? 도모미는 이해하지 못한다. 도모미에게는 이 세상이 언제나 성실하고, 부드럽고, 따뜻하고, 쉽다. 반짝반짝.

방학식 날 비가 왔다. 바람도 불었다.

나팔꽃 화분이랑 지점토로 만든 '내 얼굴'을 가지고 돌아가야 하기 때문에 비가 오면 성가신데. 우산을 들면 두 손을 다 쓸 수가 없었다. 풋상은 똑똑하기 때문에 처음부터 녹색 비옷을 입고 학교에 와서 꼬꼬를 분하게 만들었다. 언제나 앞서 가는 풋상. 비 오는 날에도 두 손을 쓸 수 있게 만들다니!

여름방학 숙제는 2학년 때와 비교할 수 없을 정도로 많이 나왔다. 그림일기, 자유 제작, 한자 연습장, 계산 문제집. '장난하냐!' 하고 꼬꼬가 소리를 지를 뻔했는데, 그렇게 하기 전에 추양이 "이건 절대 무리야!" 하고 평소처럼 우울한 몸짓으로 항의해주었다.

"이게 뭐가 무리야? 그럼 다들 여름방학에 놀기만 할 작정이었어?"

"선생님은 어디 갈 거예요, 데이트하러?"

뒷칭은 방학식 때까지 여자 냄새를 풀풀 풍기고 있다. 여름방학을 앞두고 나름 생각하는 바가 많은 모양이었다. 중학생이었으면 방학 동안에 머리를 파마하고, 몸만 까맣게 태우고 머리는 텅텅 빈 남학생을 상대로 적극적으로 처녀성을 갖다바칠 타입이다.

"등교일하고 준비물을 칠판에다 쓸 테니까 연락장에 다 적어놓도록 해."

지비키 선생은 방향이 정확하게 지정된 데이트에 대해서 생각하고 싶지 않아서 탓칭을 무시하고 분필을 움직이기 시작했다. 그 모습을 다시 보는 것도 한 달 반 뒤나 되겠구나 하는 생각이 들어서, 그럼 등교일 정도는 연락장에 써볼까 하고 꼬꼬는 연필을 들었다. 학교에 올 생각은 없지만. 여름방학이라면서 등교일은 무슨 놈의 등교일. 장난하나.

창밖으로 눈길을 돌리자 철봉이 있는 곳의 공기가 흐물흐물 흔들리고 있었다. 아지랑이다.

코딱지 도리이는 여전히 코딱지로 무언가를 이루려고 하고 있고, 미키 나루미는 그 옆에서 등을 구부리고 있다. 또 종이에 뭔가를 적은 다음 그걸 접고, 접고, 또 접고 있는 것이다.

꼬꼬는 박군이 준 메모가 생각났다.

박군의 패닉은 그 뒤로 다시 일어나는 일이 없어서 고쿤이 생각한 '패닉군'이라는 별명도 정착되지 않았다. 총명한 얼굴로 등교일이랑 준비물을 연락장에 써넣고 있는 박군. 2학기도 학급위원이 되었으면 좋겠다. 박군은 3학년 2반의 양심이다.

꼬꼬는 별생각 없이 미키 나루미의 손을 봐야겠다고 작정했다. 자리에서 일어나 몸을 앞으로 내밀었다.

미키 나루미는 꼬꼬의 움직임을 눈치채지 못한 모양이었다. 작게, 더 작게 접어서 사방이 일 센티미터 정도밖에 안 되는 종이를 책상 속에 집어넣고 있었다. 꼬꼬는 고개를 쑥 빼서 책

상 안을 들여다보았다. 비슷하게 생긴 하얀 종이들로 꽉 차 있
었다.

'앗!' 하는 느낌이 들었다. 바닷물 속에서 물고기알을 발견한
듯한 기분이었다. 미키 나루미가 갑자기 정체를 알 수 없는 해
양 생물처럼 보였다.

꼬꼬는 미키 나루미를 가만히 보았다. 뒤통수 너머로 눈길이
마주치는 것 같은 기분이었다. 결국 등교일은 적지 않았다.

코딱지 도리이가 코딱지를 책상에 모아두고 있는 옆에서 미
키 나루미는 같은 책상 안에 뭔가의 알을 계속 낳고 있었던 것
이다. 인간성이 너무도 다른 두 사람이 옆자리에 나란히 앉아
있는 것을 보고 꼬꼬는 세상의 신비로움과 자리 배정을 하는
신의 장난기에 대해서 생각했다.

미키 나루미는 연락장 귀퉁이에 또 뭔가를 적고 있었다. 몸
을 내밀어서 들여다보니 '죽어라'였다.

'죽어라.'

꼬꼬는 누군가가 등줄기를 싹 훑고 간 것 같은 느낌이 들었
다. 미키 나루미는 그것을 아주 작게, 정성스럽게 접어서 여
전히 책상 안에 열심히 집어넣고 있었다. 미키 나루미의 책상
안에 가득 차 있는 수많은 '죽어라'.

"꼬꼬, 뭐하고 있는 거야?"

꼬꼬는 '시끄러워, 바보야' 하고 대꾸하지도 못하고 앞으로

꼬꾸라졌다. 그런 움직임 때문에 머리카락이 꼬꼬랑 닿은 미키 나루미가 몸을 파르르 떠는 바람에 책상 안에 있던 종잇조각들이 쏟아졌다. 긴장 상태가 풀어진 종이들이 우수수 발치에 떨어지는 모습은 마치 갑자기 쏟아지는 우박 같았다.

"우와! 이게 뭐야?"

옆자리에 앉은 여학생이 무엇을 하고 있었는지도 알지 못한 채, 코딱지 도리이는 콧구멍을 파던 손을 겨우 멈췄다.

"눈 오는 것 같다."

꼬꼬가 말하자 미키 나루미는 꼬꼬를 돌아보았다. 아주 살짝.

미키 나루미는 물고기를 닮았다. 몸은 투명하고, 하늘하늘 힘이 없어 보이지만 잽싸고 날랜 물고기.

여름방학에 들어서자 기대와 더위 때문에 꼬꼬는 살이 쏙 빠졌다. 볼에 살이 빠지면서 커다란 눈이 더욱 총명하게 반짝였다. 다리는 무릎이 더욱 불쑥 튀어나와서 어린나무의 줄기처럼 보였다.

꼬꼬는 풋상이랑 같이 학교에 있는 토끼장을 자주 찾아갔다.

노보리키타 초등학교는 작은 학교지만, 그래도 작은 운동장과 안뜰이 있다.

토끼장은 안뜰의 해가 별로 들지 않는 장소에 있다. 토끼는 햇볕이 많이 들어서 더우면 안 되고, 오히려 추위에는 강하다는 이유 때문에 거기 마련된 것인데, 그늘진 곳에 있는 허름한 토끼장은 무척이나 초라해 보였다. 그 안에서 키우고 있는 토끼 세 마리는 눈초리가 험하고, 냄새도 지독하고, 그중에는 다른 토끼하고 싸우다가 귀가 찢어지고 눈이 찌그러져 버린 토끼도 있었다. 그 토끼들은 귀여운 애완동물이라기보다는 사나운 가축 같은 분위기를 풍겼다. 꼬꼬와 폿상은 그 사나움이 좋았다.

하루에 한 번, 사육위원이 토끼장을 청소할 때 토끼한테 작은 강아지용 목줄을 묶어서 바깥을 걷게 하는데, 보통 같으면 인기가 있을 그 일은 토끼들의 관록 있는 가축적 분위기와 냄새 때문에 아무도 하려 하지 않았다.

꼬꼬랑 폿상은 사육위원이 아니었고, 누가 부탁한 것도 아니었지만 꽤나 자주 그 일을 하겠다고 나섰다.

초라하고 냄새나고, 악역 같은 얼굴을 한 토끼들이었지만 목줄을 보여주면 바깥에 나갈 수 있다는 걸 아는지 깡충깡충 뛰어서 문 앞으로 다가왔다. 꼬꼬는 그런 반응이 반가웠고, 동물에게도 사람처럼 분명한 의사가 있다는 사실을 알게 되어 조금 두렵기도 했다.

"폿상, 토끼는 자기들에 대해서 얼마나 알고 있을까?"

"그…… 글쎄."

더위 때문인지 폿상의 대답은 평소보다 훨씬 느렸지만 세 마리 토끼를 데리고 걷는 10분가량의 시간은 즐거웠다. 토끼들은 엉금엉금 움직이면서 "밖이다, 밖이다" 하고 노래를 불렀다.

가끔씩 그 10분 동안의 산책에 고쿤이나 코딱지 도리이가 끼는 일도 있었다. 고쿤도, 코딱지 도리이도 가족끼리 여행을 할 계획이 없는 아이들이다.

스가와라 아리스는 부모님이랑 셋이서 프랑스에 가기 때문에 등교일에도 학교에 올 수 없다고 했다. 스가와라 아리스는 이번 여름부터는 브래지어를 착용하라는 말을 사와 선생님한테 들었다고 했고, 그래서 프랑스에 가서 귀여운 브래지어를 사올 생각이라고 여자애들한테 귀띔했다. 하기야 그녀는 꼬꼬 눈으로 봐도 분명하게 알 수 있을 정도로 가슴이 크고, 끄트머리에 팥알만 한 유두가 달려 있다는 것도 분명하게 보일 정도였다.

요코야마 세르게이는 '친정 나들이'를 가는 어머니랑 같이 러시아에 갔다 온다고 했고, 추양은 엄마랑 숙모 가족이랑 같이 싱가포르에 간다고 했다.

꼬꼬는 여행할 예정이 없었지만 그래도 여름방학이 즐거웠다. 아무리 감추려 해도 여름방학의 즐거움이 땀구멍을 통해 스며 나오는 게 아닐까 하고 생각할 정도로 잔뜩 신이 나 있었다. 하지만 신이 나 있는 마음속과는 상반되게 꼬꼬는 말이 없어졌다. 그래서 꼬꼬가 여름방학을 즐기고 있다는 사실을 아무도 알아차리지 못했다.

꼬꼬는 말이 별로 없어진 만큼 자기 몸속에서 글자나 생각이 부글부글 끓어오르면서 발효되고 있는 듯한, 그래서 바깥의 더위와 상호작용을 해서 그 발효하는 속도가 날로 빨라지는 듯한 느낌이 들었다.

생각은 자꾸만 많아져서 가슴에서 차고 넘칠 정도로 불어나는데 그것을 나타낼 말을 찾을 수가 없었다. 아니, 정확하게 말하면 말로 나타내는 순간에 아주 약간이지만 중력을 느끼게 되었다. 뭔가 하고 싶은 말이 있어도 그 무게 때문에 입이 쉽게 열리지 않게 된 것이다. 중력에서 헤벙딜 수 있는 상소에 당도할 때까지 말을 찾곤 했는데, 대개 그런 곳을 찾았을 때는 이미 늦어버리곤 했다.

그래서 조용히 입을 다물고 있으면서도 꼬꼬의 머릿속에서는 항상 수많은 글자들이 오가고 있었다. 더위 때문일까? 아니다. 머릿속에 떠오르는 것은 할아버지랑 폿상이랑 같이 이야기했을 때 하늘에 떠 있던 하얀 달이다. 이미 그때도 날씨가 더웠을 텐데 꼬꼬의 기억 속에 나오는 그날의 달은 부드럽고도 서늘했다.

한낮의 주택단지에서는 매미가 화를 내듯이 울고 있었다.

여름방학이었다.

여행을 가지 못하는 아이들은 서로 돈을 모아 아이스크림을 사 먹거나 하면서 더위를 식혔다. 더워서 도저히 참을 수 없을 때는 뭔가 살 게 있는 표정을 지으면서 편의점 안을 돌아다니기도 하고, 그러고도 못 견딜 때는 박군네 집으로 놀러 갔다.

박군네 집은 항상 에어컨이 켜져 있어서 서늘하고 시원했다. 가끔씩 박군이 여름 감기에 걸려 있을 때도 있어서 꼬꼬는 그게 부러웠다.

우즈하라네 집에도 에어컨은 있었다. 하지만 아기 때문에, 이사하기 위해서 절약을 해야 한다는 분위기가 각자의 행동에 브레이크를 걸어서 리모컨 가까이 있는 사람이 다른 사람들의 기대를 한꺼번에 짊어져야 하는 힘든 역할을 맡곤 했다.

시오리는 입덧이 심하지는 않았지만 무더위 속에서 움직이는 게 힘들어 보여서 시간이 날 때마다 가미코가 젖은 수건으로 땀을 닦아주곤 했다.

"애야, 좀 견딜 만하냐?"

"사내애인지도 모르겠어요. 몸이 무거운 게 그런 느낌이 들어요."

"그 말은 꼬꼬 때도 하지 않았니."

"그랬던가요?"

가미코와 시오리는 진짜 모녀같이 보였다.

간타는 동네 에어컨 수리 업무가 분주해서 야근이 늘어나는 바람에 꼬꼬가 잠들기 전에 집에 들어오는 일이 거의 없었다. 사랑스러운 막내딸 얼굴을 보지 못하게 되어 간타는 가슴이 아팠지만 물론 꼬꼬는 전혀 신경 쓰지 않았다.

더운 날씨 속에서 진홍색 원탁은 보기만 해도 숨이 막혔고, 엄마한테서 나는 묘한 냄새가 점점 더 심해져서 그것도 싫었다. 이 느낌은 스가와라 아리스를 보면서 느끼는 무엇이라 표현할 수 없는 짜증하고도 비슷했지만 꼬꼬는 결국 그 느낌을 묘사할 만한 단어를 찾아내지 못했다.

박군네 집에서 서늘한 에어컨 바람을 맞으며 마시는 진한 주스는 언제나 신기할 정도로 맛있었다.

박군네 집에는 쓰지 않는 방이 몇 개 있는 모양이었다. 박군네 어머니가 1층으로 내려가 버리면 2층은 찡하는 소리가 들려올 정도로 조용해졌다. 꼬꼬는 가끔씩 화장실 가는 척하고 나와서 복도에 누워보곤 했다.

복도의 천장이나 벽도 콘크리트여서 보기만 해도 시원하니 마치 체온이 낮은 동물의 피부 같았다. 손으로 만지면 꼬꼬의 손가락은 부드럽게 튕겨 올라왔다.

아주 조용한 집이었다.

가끔씩 박군네 어머니가 누군가하고 전화로 이야기하는 목소리가 들려왔다. 그 목소리는 작고 낮아서, 꼬꼬네 엄마의 크고 적나라한 목소리와는 딴판이었다. 박군네 어머니가 울고 있을 때도 있었다. 꼬꼬는 그 울음소리를 듣는 게 좋았다. 눈을 감고 입을 살짝 벌리고 있으면 울고 있는 사람이 꼬꼬 자신이라는 착각에 빠질 때도 있었다.

한번은 그러고 있는데 방에서 고양이가 소리 없이 나오는 기척이 느껴졌다. 하지만 나무는 절대로 꼬꼬한테 다가오지 않았다. 꼬꼬는 동물에게도 나름대로 자기 의사가 있다는 사실을 새삼 깨달으면서 감탄했다.

그러다가 나무의 부드러운 몸이 생각나서 결국 참지 못하고 눈을 떠버렸다.

어느 날, 꼬꼬는 혼자서 놀고 있었다.

폿상한테 놀러 갔는데 폿상은 부모님이랑 다섯 살 많은 형이랑 할머니 댁에 가서 산소에 다녀온다고 했다.

"두…… 두 밤 자."

박군네 집에 혼자서 갈 마음도 생기지 않았고, 폿상도 없고, 고쿤이나 코딱지 도리이랑 노는 것도 왠지 마음이 내키지 않았다.

꼬꼬는 결국 B동과 C동 사이를 어슬렁거리며 햇볕이 쩅쩅 내리쬐는 속에서 죽은 매미를 주워 모으기도 하고, 발꿈치로 흙을 파기도 하면서 지냈다. 당연한 일이지만 무척이나 재미

없었다. '큰일 났네, 이러다가 여름방학에 질려버리겠다.' 그
런 생각을 하고 있는데 이상한 소리가 들려왔다.

"헬로~!"

돌아보았더니 찌는 더위 속에서 소매가 긴 쥐색 점프슈트
를 입고, 어깨까지 오는 기름진 머리카락을 이마 한가운데 가
르마를 탄 모양으로 빗은 인물이 서 있었다. 지비키 선생 정
도 나이일까? 눈썹이 이상할 정도로 짙고, 예리한 눈빛 때문
에 나이 많은 저격수로 보이기도 했지만 피부가 반질반질 윤
이 나고 하얘서 소녀 같은 분위기도 풍겼다.

꼬꼬는 입을 다물고 가만히 있었다. 인사 정도는 할 수 있었
지만 그 인물의 요상한 분위기와 이상한 인사에 뭔가 압박감
을 느꼈다.

"헬로~!"

꼬꼬의 경계하는 태도에 아랑곳히지 않고 그 인불은 다시
한 번 그렇게 말했다. 약간 가랑가랑하지만 가늘고 높게 올라
가는, 소리가 멀리까지 울릴 것 같은 목소리였다. '바다에 사
는 해마 같은 생물이 인간의 말을 하면 이런 목소리가 날까?'
하고 꼬꼬는 생각했다.

"혼자서 놀고 있는 거니?"

쥐색 옷의 가슴 부분에는 S라는 노란 글자가 덧대어 꿰매져
있었다. 그 노란색은 온통 회색인 옷 한가운데서 어딘가 모르

는 곳으로 연결되어 있는 문의 열쇠처럼 흉물스럽게 빛나고 있었다. 꼬꼬네 아버지가 일하러 나갈 때도 비슷한 작업복을 입는데 그 옷은 이 인물이 입은 것처럼 몸에 딱 달라붙지도 않고, 주머니가 여기저기 많이 달려 있다. 온몸을 조이는 것처럼 딱 달라붙는 회색의 반질반질한 점프슈트 때문에 그 인물은 모래 인간이나 쥐 인간처럼 요괴스럽게 보였다.

꼬꼬는 자기도 모르게 주변을 둘러보았다. 주변에 누가 있나를 알아보려는 게 아니라 지금이 밝은 대낮이고, 자기가 익숙한 장소에 있다는 사실을 확인하고 싶어서였다.

"가슴의 S자를 보고 있는 거니?"

"네?"

꼬꼬가 반응을 보인 것이 반가웠는지 쥐 인간은 몸을 흐느적거리며 배배 꽜다. 그 모습이 무언가하고 비슷한데, 하고 꼬꼬는 생각했다.

"S는 거꾸로 해도 S가 된다는 거 알고 있니?"

쥐 인간은 몸을 할랑할랑 흔들면서 몸을 완전히 옆으로 굽혔다. 축 늘어지는 머리카락은 한밤중처럼 새까맣고, 쥐 인간의 그림자는 그보다 더욱 새까맣다.

쥐 인간은 탁탁, 하고 가슴의 S자를 가리켰다.

"에스."

꼬꼬는 바보처럼 멍하니 서 있었다. 태양이 등짝을 사정없이 내리쬐고 이글거리면서 정수리를 태우고 있었다. 여름이다. 여름인 것이다.

"S는 거꾸로 해도 S가 된다는 거 알고 있니?"

그 말대로 쥐 인간의 가슴에 있는 S자는 거꾸로 해도 S였다. 몸을 구부린 것은 그걸 꼬꼬에게 보여주고 싶었기 때문이다. 거꾸로 된 S도 여전히 흉물스러웠다.

"누구세요?"

꼬꼬가 쥐 인간에게 물었다.

"꺄~!"

쥐 인간은 몸을 더욱 심하게 흐느적거렸다. 아무래도 부끄러워하고 있는 모양이었다. 부끄러워할 만한 질문을 한 기억은 없지만 본인이 부끄러워하는 것이니 어쩔 수 없다. 꼬꼬는 어른처럼 의젓한 마음으로 쥐 인간에게 이름을 묻는 행위를 포기했다.

"넌 이름이 뭐니?"

어이. 자기는 대답하는 걸 부끄러워했으면서 그 질문은 도대체 뭐야?

"그게 무슨 상관이야?"

꼬꼬는 자기도 모르게 호전적이 되었다. 폿상이 옆에 없는 게 허전했다.

"꺄~!"

쥐 인간은 더 심하게 흐느적거렸다. 도대체 뭐하는 인간인가? 도무지 알 수 없었지만 눈을 뗄 수가 없었다.

"존안尊顔을 밟아주는 거야?"

"엉?"

쥐 인간은 흐느적거리는 걸 그만두지 않았다. 이제 알겠다. 그 모습이 뭘 닮았는지. 오징어다.

"존안을 밟아주는 거야?"

무슨 말을 하는지 이해가 되지 않아서 꼬꼬가 멍하니 서 있으려니까 쥐 인간은 몸을 흐느적거리는 걸 그만두고 땅바닥을 손으로 짚더니 벌렁 하고 드러누웠다. 태양 빛이 눈부셔서 눈을 가늘게 뜨고는 있어도 아주 엄숙하니 진지한 표정이었다.

"존안을 밟아주는 거야?"

쥐 인간은 자기 얼굴을 가리켰다. 얼굴을 밟아달라고 말하고 있는 것이었다. 무슨 그런 부탁이 있나? 꼬꼬는 깜짝 놀라 뒷걸음질을 쳤는데 쥐 인간에게는 꼬꼬를 꼼짝 못하게 하는 무언가가 있었다.

망설이기를 10여 초, 결국 꼬꼬는 살금살금 발끝을 쥐 인간의 이마에 얹었다. 눈을 감으리라고 생각했는데 쥐 인간은 눈을 크게 뜬 채로 있었다.

"조~금~더~!"

방금 전까지의 가랑가랑하고 높은, 해마가 내는 것 같은 목소리가 아니었다. 뚱뚱한 테너 가수처럼 두껍고 땅 밑에서 울리는 듯한 목소리였다. 그 목소리를 듣고서야 쥐 인간이 남자라는 사실을 깨달을 수 있었다.

"조~금~더~!"

꼬꼬는 그 목소리랑 껍질을 까놓은 알밤처럼 누런 안구에 기가 질려서 발 전체를 얹어놓았다. 코를 밟을 때 우둑 하는 소름 돋는 소리가 들렸지만 쥐 인간은 아무런 반응도 보이지 않았다.

"그~보~다~더~!"

꼬꼬는 발에 힘을 꽉 주었다. 쥐 인간의 얼굴은 검붉은 색이 되었지만 신음을 내지도 않았고, 몸은 여전히 꿈쩍도 하지 않았다.

"아~직~도~훨~씬~더~!"

꼬꼬는 온몸에 힘을 주어서 쥐 인간의 얼굴을 계속 밟았다. 땀이 솟아났다. 햇볕이 덥다, 너무 덥다. 가차 없이 덥다.

쥐 인간의 표정을 읽을 수는 없었지만 아주 좋아하고 있다는 사실만큼은 발끝에서 저릿저릿하게 전해져왔다. 꼬꼬는 흐르는 땀을 주체할 수 없었다.

몇 분 동안 그러고 있었던 것일까? 쥐 인간이 갑자기 외쳤다.

"스톱피드!"

깜짝 놀란 꼬꼬가 발을 떼었지만 그 남자는 벌렁 드러누운 채 움직이지 않았다. 그러더니 움찔, 움찔, 하고 몸을 떨기 시작했다.

'부정맥이다!'

꼬꼬는 생각했다. 그러나 아무래도 그건 아닌 모양이었다. 쥐 인간은 몸을 이리저리 비틀고 꼬는 움직임을 보였지만 아프거나 괴로워서 그런 게 아닌 것 같았다. 오히려 어딘지 우아하게 수면을 둥둥 떠다니고 있는 것 같은 표정이었다. 꼬꼬는 온몸의 힘을 발에 모아서 밟았던 탓에 숨을 허덕이고 있었다. 덥다.

한동안 움찔, 움찔, 하고 몸을 떨고 있던 쥐 인간이 이윽고 그 움직임을 완전히 멈췄다. 멈춘 다음에는 이상하게 고요한 정적이 꼬꼬를 둘러쌌다. 매미 소리조차 들리지 않았다.

한참 뒤에 겨우 쥐 인간이 일어났을 때에는 꼬꼬의 심장이 두근두근 이상한 소리로 뛰고 있었다. 자리에서 일어난 쥐 인간의 몸은 아까보다 훨씬 작아진 느낌이었다. 그사이에 야위었나? 이렇게 짧은 시간 동안에? 아니면 짧은 시간이라고 생각한 건 꼬꼬 혼자뿐이고 실제로는 몇 시간, 혹은 며칠이 지난 것인지도 모른다. 그런 신기한 생각이 떠오를 정도로 꼬꼬의 마음은 어지럽게 흐트러져 있었다.

"헬로~!"

쥐 인간은 다시 몸을 흐느적거리며 흔들기 시작했다. 꼬꼬가 세게 밟았고, 짓이겼던 얼굴. 그래서 코에서는 선혈이 흐르고 얼굴 전체가 검붉게 부어 있었다.

"당신 누구야?"

꼬꼬가 묻자 다시 "꺄~!" 하는 대답이 돌아왔다. 평소의 쥐 인간이다. 아까 만났을 뿐인 사람한테 그런 생각이 들다니 좀 우스웠다. 평소의 쥐 인간.

갑자기 쥐 인간이 등을 돌렸다. 그러고는 스피드 스케이트 선수처럼 크게 몸을 흔들면서 걸어가기 시작했다.

"이봐요."

꼬꼬가 그렇게 불러도 쥐 인간은 돌아보지 않았다. 쭉, 쭉 하고 발을 미끄러뜨리는 것처럼 하면서 멀리 가버렸다. 길고 검은 그림자를 남기면서. 불길했다.

꼬꼬는 한동안 망연자실 그 자리에 서 있었다.

매미가 갑자기 생각난 것처럼 시끄럽게 울어댔고, 쥐 인간을 밟았던 오른쪽 발이 뜨거웠다.

꼬꼬는 안절부절못하다가 뛰기 시작했다. 빨간 치마가 바람에 날려 투우사가 휘두르는 붉은 천처럼 보였다. 뛰어도 뛰어도 꼬꼬는 가슴의 두근거림을 억누를 수가 없었다. 영문을 알수 없는 힘에 등을 떠밀리는 것 같은 기분이었다. 아무리 뛰어도 진정이 되지 않아서, 그렇게 온 힘을 다해 달리며 꼬꼬는 소리쳤다.

"아아아아아!"

덥다, 덥다, 태양이!

정신을 차리고 보니 꼬꼬는 토끼장 앞에 있었다.

토끼장에서는 5학년 사육위원 두 명이 꼬꼬가 오기를 기다리고 있었다. 토끼들을 산책시키기가 싫어서다. 꼬꼬의 모습을 보더니 마치 탓하듯 말했다.

"왜 이렇게 늦었어?"

꼬꼬는 얼떨결에 "미안" 하고 사과해버렸다. 온몸에서 땀이 뿜어져 나와서 꼬꼬를 물에 젖은 솜처럼 적시고 있었다. 아무리 여름이라고는 해도 너무 심할 정도로.

토끼장 안에서는 토끼 세 마리가 마치 꼬꼬를 기다리고 있었던 것처럼 나란히 앉아 있었다. 꼬꼬가 목줄을 보이기만 했는데도 "밖이다, 밖이다" 하며 노래를 부르기 시작했다. 예전에는 그게 좋았는데 오늘은 이상하게 싫게 느껴졌다. 나한테 도대체 뭘 기대하고 있는 거야? 웃기는 토끼들 같으니.

토끼들을 데리고 걸어 나왔더니 5학년 애들은 뭉그적거리며 토끼장에 들어가 "어휴~, 냄새. 어휴~, 지저분해!" 하고 툴툴거리면서 청소를 시작했다. 꼬꼬는 평소처럼 화단 주변을 돌고 긴 복도를 건너서 다시 돌아오는 산책을 되풀이했다.

심장이 두근두근 시끄럽게 뛰고 있는데, 그 소리가 토끼들의

"밖이다, 밖이다"라는 노래와 맞물려서 더욱 빠르고 커졌다.

쥐 인간의 모습이 선명하게 머리에 떠올랐다.

반질반질하니 분홍색이 비치는 살결, 극단적으로 서로 떨어져 있는 예리한 눈빛의 눈, 크고 둥근 코, 새빨갛게 빛나는 입술, 오징어처럼 흐느적거리는 몸.

발로 밟고 있을 때 그의 코에서 피가 흘렀는데 그걸 두려워하는 것 같지 않았다. 오히려 아주 좋아하는 것 같았다. 꼬꼬의 샌들 밑창에는 아직도 그의 피가 묻어 있을 것이다.

"앗!"

꼬꼬는 자기도 모르게 소리를 냈다.

풋상이 없다. 풋상이 없는 것이다.

꼬꼬는 토끼 중의 한 마리를 잡았다. 꼬꼬에게 붙잡힌 토끼는 "밖이잖아!" 하고 외치면서 몸을 꼬았지만 꼬꼬가 귀를 세게 잡았더니 얌전해졌다.

꼬꼬는 토끼를 안은 채로 화단 옆에 벌렁 누웠다. 배 위에 올려놓자 토끼가 꼬물꼬물 움직였다. 간지러웠지만 도저히 웃을 수가 없었다. 다른 두 마리 토끼들은 한 마리의 위기 상황에 전혀 신경을 쓰지 않고 있었다. 한가롭게, 목줄이 허용하는 범위 안에서 자유를 즐기고 있었다.

꼬꼬는 배 위에 얹었던 토끼 한 마리를 억지로 자기 얼굴에 올려놓았다. 토끼는 더욱 싫어하면서 몇 번 꼬꼬의 얼굴을 할

퀴었지만 이윽고 포기했는지 잠잠해졌다.

토끼털이 눈과 코에 들어가서 아까보다 더 간지러웠다. 하지만 그래도 웃을 수가 없었다. 똥이랑 풀을 태운 것 같은 냄새가 났고, 부드러운 발바닥이 입술을 눌렀다. 토끼가 할퀸 상처에서는 피가 나는 모양이었다. 그것은 꼬꼬의 볼을 타고 흘렀고, 꼬꼬는 검붉게 부어오른 자기 얼굴을 상상해보았다.

토끼 한 마리 가지고는 모자라다. 이 정도의 무게를 가지고는 부족하다.

한 마리를 더 얼굴에 얹고 싶었지만 꼬꼬의 얼굴 크기, 그리고 이런 자세로는 협력자가 없으면 불가능했다. 누가 없나?

혼자다.

꼬꼬는 처음으로 고독을 느꼈다. 고독과 비슷한 것, 이라고 해야 할지도 모른다. 아무에게도 보호받지 않고, 아무와도 관계없이 자기가 여기 있다는 느낌이 들었다. 그 느낌에는 꼬꼬가 상상했던 것 같은 달콤함이 들어 있지도 않고, 외로움과도 다르고, 그저 '혼자다'라고 절실하게 생각하게 되는 것뿐이었다.

무게를 가지고 안 되는 것이면 시간이라도 길게 해보자고 생각했다. 청소가 끝날 때까지 십여 분 동안 꼬꼬는 그렇게 있었다. 길었다.

"으악! 쟤 뭐하는 거야?!"

청소를 마친 5학년 학생이 외쳤다.

밖이다, 밖이다, 밖이다.

토끼들은 목에 목줄을 건 채로 계속 노래를 불렀다.

꼬꼬가 겨우 집으로 돌아온 것은 저녁 일곱 시가 넘은 시각이었다.

결국 꼬꼬는 몇 시간 동안이나 토끼장 앞에 서 있었다. 5학년 학생들은 꼬꼬를 이상하게 보면서 일찌감치 돌아갔고, 얼굴 위에 올려놓았던 토끼도 "못살겠다"며 화를 내고 있었지만 조금 있다가 똥을 싸더니 금방 잊어버린 모양이었다.

가로등에 비친 B동은 고요하게 가라앉았고, 아주 딱딱해 보였고, 누군가 모르는 사람이 사는 곳 같았다. 걱정이 된 세쌍둥이가 밖에 나와서 기다리고 있지 않았더라면 꼬꼬는 뒤돌아서 다시 토끼장으로 돌아갔을지도 모른다.

"꼬꼬!"

리코, 마코는 운동부 활동할 때 입고 있던 체육복 차림 그대로였다.

"왜 이렇게 늦게 왔어? 걱정했잖아!"

꼬꼬는 아무 말도 하지 않았다. 몇 시간 전에 이 자리에서 쥐 인간을 만났다는 사실을 믿을 수가 없었다. 장소는 꼬꼬의 생각과는 상관없이 그대로 있었다. 조용히. 쥐 인간의 피가 흘렀던 장소.

"폿상네 가도 아무도 없던데. 혼자 놀고 있었니?"

"응."

"앗!"

가로등 불빛 때문에 도모미는 꼬꼬의 얼굴에 생채기가 났음을 알 수 있었다.

"꼬꼬, 니 얼굴에서 피가 나잖아!"

"어머, 세상에! 너 넘어졌구나?"

"응."

꼬꼬는 거짓말을 했다. 이럴 때만큼은 세쌍둥이가 지레짐작으로 착각해주는 게 고맙다. 멍청한 게 도움이 될 때도 있는 모양이다.

"화장실에서 세수시켜줄게."

세쌍둥이한테 둘러싸여서 계단을 오르는 꼬꼬는 아주 작았다.

집에 들어서자 시오리가 큰 소리로 외쳤다.

"어휴~, 다행이네! 꼬꼬가 돌아왔구나!"

꼬꼬는 엄마의 약간 부푼 배를 한 번 보고, 다시 얼굴을 보았다. 매일 보는 얼굴인데 이상하게 반갑게 느껴졌다. 집에 돌아온 것이다.

"너, 여름방학이라고 너무 정신없이 노는 것 같다!"

엄마하고 할머니한테도 얼굴에 난 생채기에 대해 한차례 질
문을 받았지만 꼬꼬가 '넘어졌어' '안 아파' 하고 말하자 더 이
상 묻지 않았다. 둘 다 멍청해서 정말 다행이다. 꼬꼬는 집안
여자들을 우습게 생각하면서 화장실로 갔다. 도모미가 따라와
수건을 물에 적셔서 꼬꼬의 얼굴을 정성스럽게 닦아주었다.
긁힌 듯한 생채기였다. 꽤 심한 것도 있었다.

"안 울었니, 꼬꼬?"

"응."

평소 같았으면 '당연하지, 바보 아냐?' 하고 쏘아붙일 꼬꼬
였지만 오늘은 얌전하게 도모미가 해주는 대로 맡기고 있었다.
하얀 수건에서는 세제 냄새랑, 아주 조금 곰팡이 냄새가 났다.
'우리 집 냄새다' 하고 꼬꼬는 생각했다.

원탁 위에는 회를 얹은 초밥, 닭튀김, 가지랑 채소 조림, 그
리고 당연히 단가지 절임이 놓여 있었다. 상차림이 풍성했다.
여자들이 모두 한목소리로, 하나, 둘, 셋, "할머니, 생신 축하
해요~!" 하고 외쳤다.

'아차' 싶었다.

할머니의 생신이란 걸 꼬꼬는 완전히 까먹고 있었다. 간타
는 야근 때문에 없었고, 이시타는 웬일로 맥주를 마시고 있

158

었다. 꼬꼬의 생채기투성이인 얼굴을 보고서도 아무 말이 없었다.

해~피 버~스데이 할~머니~.
해~피 버~스데이 할~머니~.

여자 네 명이 생일 축하 노래를 열창하기 시작했다. '이렇게 목소리가 크면 또 폿상네 집까지 다 들리겠다'고 꼬꼬는 생각했는데, 그러고 보니 폿상은 집에 없었다. 캄캄한 폿상네 집을 상상하는 건 정말 싫었다.

가미코는 아주 기쁜 얼굴로, 하지만 부끄러워하면서 손뼉을 치고 있었다. 생일 축하 노래가 영 어색한 모양이었다.

노래가 끝나자 세쌍둥이가 싱글싱글 웃으면서 할머니에게 포장된 물건을 내밀었다.

"선물이요!"

부탁하지도 않았는데 생일 축하 노래를 부르고, 선물까지 준비해놓은 세쌍둥이의 행동에 꼬꼬는 경악했다. 꼬꼬의 생일이면 할머니를 비롯한 식구들 모두가 항상 필요 이상으로 성대하게 축하해주곤 하는데 자기는 그러지 못해 할머니한테 미안했다. 하지만 그렇다고 이 상황에서 미안하다고 하면 생신을 기억하지 못했다는 사실을 털어놓는 거나 마찬가지였다.

꼬꼬는 그래서 입을 다물고 있었다.

"열어보세요~!"

"아이고, 얘들은 뭐 이런 걸 다……. 다 늙은 노인네한테……."

가미코는 더욱 어쩔 줄 모르면서, 하지만 정말로 좋아하는 얼굴로 포장을 풀었다. 안에서 나온 것은 물론 하늘색 베레모였다.

"어머나~!"

가장자리에 수놓여 있는 개미는 대단하다고밖에 할 수 없는 역작이었다.

파랑, 초록, 보라색 실을 쓴 개미 머리는 마치 정밀한 그림에 필적할 정도로 아름다웠다. 박력, 기개, 도모미의 걸작이었다. 다마사카 부장은 완성된 자수를 보고 말없이 도모미의 어깨를 두드려주었다. 뜨거운 마음을 가진 대장. 이제 여한 없이 은퇴해주길 바랄 뿐이다.

"이건 정말…… 진짜로 살아 있는 것 같은……."

가미코는 자수를 손가락으로 쓰다듬었다. 커다란 개미의 더듬이가 손가락을 찌른다. 축, 하, 해, 요.

꼬꼬는 개미를 보고는 어디선가 많이 본 듯한 느낌을 받았다. 당연한 일이다. 자기 자유 공책에 있던 모양이니까. 하지만 왜 그런 느낌이 드는지 더 이상 따져보지 않기로 하고 그냥 회를 얹은 초밥을 입에 넣었다. 오늘은 식욕이 장난 아니었다.

먹고 또 먹어도 뱃속에서 더 넣으라고 성화였다.

"조~금~더~!"

귀를 막아도 들려오는 쥐 인간의 목소리다. 테너. 꼬꼬는 미친 듯이 먹었다. 결국 끝까지 할머니한테 '생신 축하해요'를 말하지 못한 채로.

이시타는 여전히 아무 말 없이 맥주만 마시고 있다. 술을 마시고 있다는 것은 그나마 어느 정도는 아내의 생일을 축하할 기분이라는 뜻이었다. 선물 같은 건 준비하지 않았지만 감사하고는 있다. 간타가 야근을 마치고 집에 돌아왔을 즈음이 되자 이시타의 얼굴은 상당히 벌게져 있었다.

간타는 어머니에게 좋은 부채를 선물했다.

"이 더운 날씨를 견디시느라 고생이 많으니까, 이거라도 좀 부치시라고!"

결국 이날도 아무도 에어컨을 틀지 않았다.

부웅 하는 선풍기 소리가 울리는 게 틀림없는 여름이었다. 평소보다 떠들썩하고 축하하는 기운이 넘치는 원탁은 여전히 진홍색이다.

저녁식사 후에 늘어져서 TV를 건성으로 볼 때였다.

"꼬꼬야, 이거 미안해."

도모미가 그렇게 말하면서 내민 것은 자포니카 자유 공책이었다. 베레모에 수놓여 있던 개미를 어디서 본 듯한 느낌이 왜 들었는지 이제야 분명히 알 수 있었다.

"금방 돌려줄 생각이었어. 하지만 여기 이 개미를 꼭 수놓고 싶어서…….""

TV에서는 '65년 전 오늘'로 시작되는 멘트가 나오고 있었다. 무조건 항복, 옥음방송*. 꼬꼬는 이해할 수 없는 말들만 나왔다. 그 의미를 붙잡으려고 하면 휙 하니 도망가버렸다. 할아버지 쪽을 흘깃 보았더니 오랜만에 마신 술 때문인지 꾸벅꾸벅 졸고 있었다.

"꼬꼬야, 정말 미안해."

도모미는 진심으로 미안해하는 것 같았다. 진지한 표정으로 꼬꼬의 얼굴을 보고 있지만 입가에는 케이크의 생크림이 묻어 있었다. 하얗다.

꼬꼬는 원탁 앞에 앉은 채 도모미가 내민 자유 공책이랑 TV 화면을 번갈아 보았다. 흑백 영상, 땅바닥에 엎드려서 통곡하는 소녀들. 꼬꼬랑 비슷한 나이로 보였다.

튼튼한 개미가 모습을 드러내고 있는 베레모가 원탁 위에 놓여 있었다. 진홍색 속에서 그것은 무지한 자가 그린 눈물처럼 참으로 건강한 하늘색이다.

● 일왕의 육성 방송. 여기서는 제2차 세계대전 때 전쟁에 패했음을 알리는 8월 15일의 라디오 방송을 말함.

참지 못할 바를 참아내고 견디지 못할 바를 견뎌내어.

가미코가 TV 화면을 보면서 울고 있었다. 어깨를 떨고 있
는 게 거의 오열 수준이다. 아까까지 그렇게 좋아하고 있었잖
아. 할머니, 울지 마, 울지 마. 꼬꼬는 그렇게 외치고 싶었다.

꼬꼬는 자포니카 자유 공책을 잡았다. 그리고 곧바로 베란
다로 갔다. 걱정스러운 표정을 짓고 있는 리코랑 마코, 울고
있는 할머니 앞을 지나쳤다. 그러고는 모두가 '앗!' 하고 놀랄
새도 없이 베란다 너머로 있는 힘껏 자포니카 자유 공책을 내
던져버렸다. 공책은 두세 번 날갯짓이라도 하는 것처럼 퍼덕
이더니 B동 아래에 있는 화단으로 떨어졌다.

"꼬꼬, 왜 그러니?"

시오리가 외쳤다. 시오리의 배는 1초, 1초 지날 때마다 더욱
부풀어 오르는 것 같다. 저걸 어떻게 생명이라고 생각할 수 있
을까? 누가 가르쳐주었으면 좋겠다. 이마에 구슬 같은 땀 방
울방울. 그렇게 힘든 고생을 하면서 낳을 가치가 어디에 있는
걸까? 생일을 축하하는 이유는 뭘까?

"꼬꼬 미안해. 정말 미안해."

도모미는 당장에라도 울음을 터뜨릴 것 같이 울상이었다.
아까 꼬꼬의 얼굴을 정성스럽게 닦아주었던 도모미. 2학기부
터는 수예부 부장이다. 생크림 냄새가 나는 착한 도모미.

"꼬꼬."

꼬꼬는 베란다에 서서 엄마를, 도모미를, 식구들 모두를, 그리고 TV 속에서 우는 소녀를 노려보았다.

노려본 시선의 종착은 원탁이다. 붉은색. 붉은색.

참지 못할 바를~ 참아내고.

해~피 버~스데이 할~머니~.

견디지 못할 바를~ 견뎌내어.

꼬꼬는 울지 않았다. 울지도 않았고, 할머니의 생신을 축하하지도 않았다. 한 번도.

꼬꼬는 계속, 얼굴에 올려놓았던 토끼의 무게에 대해서 생각하고 있었다.

여름방학이 지나면 교실에는 완전히 다른 사람처럼 변해버린 아이들이 모여든다.

여름방학 한 달 반이 아이들을 극적으로 바꿔놓는다. 하지만 그 변화를 본인은 알지 못한다. 그 변화를 알아차리는 것은 언제나 어른들이다.

지비키 선생은 햇볕에 그을린 아이들의 얼굴을 보고, 그 압도적인 변화에 두려움과도 같은 감정을 느꼈다. 자기만 뒤처

져버린 것 같은 기분이다.

아이들이 가는 방향의 끝에는 자기랑 똑같이 죽음이 기다리고 있으련만 그들은 전혀 다른 뜻을 가지고, 전혀 다른 목적지를 향해 나아가고 있는 것만 같다. 그 행군에, 이미 어른인 자기 혼자서만 끼지 못하는 것이다. 그들은 그들인 채로 난폭하게 성장해간다. 언젠가 이 아이들도 지금의 자기랑 같은 기분이 들 거라는 생각이 도저히 들지 않는다.

이 아이들의 연장선 상에 자기와 같은 인간이 있단 말인가?

그렇다면 자기도 과거에는 이렇듯 눈부셨단 말인가?

"너네들, 숙제는 좀 했냐?"

두려움을 감추고 지비키 선생은 농담하듯이 말했다. 약한 개가 쓸데없이 짖어대는 것처럼.

지비키 선생은 이번 여름, 내년 봄에 결혼하겠다고 애인한테 약속하고 말았다. 금성이 두 사람의 결혼을 축복해주는 시기라고 한다. 애인이 끝도 없이 이야기를 늘어놓는 바람에 머리에 지진이 일어났고, 결국 '책임'이라는 단어에 완전히 무너져 내려서 고개를 끄덕이고 말았다. 진도 7. 아무튼 남아메리카라느니 금성이라느니, 느닷없이 책임이라느니, 제발 쓰는 단어들 종류만이라도 좀 통일성 있게 해주었으면 좋겠다. 우울한 신학기다.

꼬꼬에게도 신학기는 우울했다. 숙제의 80퍼센트는 손도 못

댔다. 특히 그림일기가 완전히 백지라는 점이 절망적이었다.

군이 변명을 하자면 집중해서 숙제를 해치우려 했던 여름방학 후반에 꼬꼬는 결막염에 걸리고 말았다. 진짜로. 지저분한 토끼를 얼굴 위에 올려놓은 것이 문제였던 모양이다.

결국 2주 정도 만에 완치되어 신학기에는 두 눈을 멀쩡히 뜨고 학교에 오기는 했지만 꼬꼬는 안대를 그토록 부러워하던 1학기 때의 자기 자신조차 먼 옛날처럼 그립게 느껴졌다.

몇 년 전에 빌었던 소원이 뜻하지 않게 이루어진 듯한 기분이었다.

'지금 와서?'

이제는 그냥 어린애가 아니다. 꼬꼬가 걷는 속도는 더욱 빨라졌다.

그런데 사실 꼬꼬는 자기가 진짜로 안대를 하고 있었다는 점을 조금 더 기뻐해도 좋을 법했다. 풋상도 "잘됐네" 하고 축복해주었지만 한여름에 눈언저리가 고름으로 찐득거리는 것은 불쾌했고, 약간이기는 해도 원근감이 진짜로 없어지는 것도 짜증이 났다.

무엇보다도 거울로 본 자기 얼굴은 '안대를 한 사람'인데, 그냥 그뿐이었다.

쥐 인간에 대해서는 풋상에게 말하지 않았고, 토끼를 얼굴 위에 올려놓았기 때문에 결막염에 걸렸다는 것도 말하지 않았다. 도모미가 울면서 주우러 갔던, 엉망진창이 된 자유 공 책에 대해서도.

아무튼 그날에 일어났던 일에 대해서는 아무것도 폿상한테 말하지 않았다. 중요한 날에 옆에 없었던 폿상이 밉기는 했지만, 그 화풀이를 폿상한테 하는 건 말도 안 되는 일이라는 것을 꼬꼬는 알고 있었다. 아니, 알게 되었다.

최근의 꼬꼬는 계속 그랬다. 뭔가 말을 내뱉을 때, 행동을 할 때, 예전처럼 중력을 느끼기보다 먼저 '아, 알았다'는 생각이 들었다. '알게 된' 것의 정체가 무엇인지는 모르겠지만 '알았다'는 감각만은 열기를 띠고서 분명하게 가슴속에 자리 잡았다.

마치 배달된 편지를 읽고 그 내용에 납득해서 답장을 쓰지 않고 그냥 내버려둔 것처럼, 말을 입 밖으로 내지 않는 것에 약간 찜찜함을 느꼈지만 그래도 '알았는데' 어쩌겠느냐는 강한 느낌이 그런 찜찜함마저 제압해버렸다. 난 알고 있어. 꼬꼬는 말하지 않았다. 계속 조용히 입을 다물었다.

"스가와라 아리스, 브래지어, 브래지어."

요코야마 세르게이가 작은 목소리로 그렇게 말을 걸어왔다. 호색, 음란함, 발기를 알게 된 혼혈아. 다른 애들이 그의 속도를 따라잡는 건 도대체 언제일까? "후크는 앞에 달렸나? 뒤에 달렸나?" 등 도무지 뜻을 알 수 없는 말을 지껄이는 놈이다.

새삼 잘 살펴보니 어딘지 얼굴이 달라져 있었다. 뭔가 싶었더니 눈이었다.

새파랗던 요코야마 세르게이의 눈이 짙은 감색으로 변해 있었다. 성장함에 따라 눈 색깔이 달라지다니 미지의 생물 같다. 꼬꼬는 요코야마 세르게이의 눈을 유심히 들여다보았다. 도무지 알 수 없는 생물.

방학식 날, 미키 나루미를 물고기 같다고 생각했다.

그때 그 물고기는 꼬꼬를 쳐다보았다. 천천히.

미키 나루미는 학교에 오지 않았다. 책상 속에 꽉 들어차 있던 물고기알 같은 종이들은 모조리 치워져서 흔적조차 남지 않았다. 하얀 종이에 적혀 있던 수많은 '죽어라'.

몰랐다.

미키 나루미가 한 달 동안이나 눈앞에 앉아 있었는데. 1학년 때도, 2학년 때도 같은 반이었는데.

꼬꼬는 갑자기 '나는 모르는 게 너무 많다'는 생각이 들었다.

토끼를 얼굴 위에 얹어놓고 있었을 때의 고독이 다시금 꼬꼬를 엄습했다. 외로웠다. 이번의 고독은 그저 혼자라는 것뿐만이 아니라 뭔가 답답함을 동반했다. 옆에 아주 좁은 샛길이 있는 것 같은, 어딘가에 빛이 보이는 것 같은 답답함이었다.

고독.

그것을 원했던 시절의 꼬꼬랑 지금의 꼬꼬는 미세한 차이지만 결정적으로 다르다. 요코야마 세르게이의 눈, 짙은 감청색과 마찬가지로.

소원에는 시차가 있는 것이다. 신이시여, 제발 알아주세요.

"너, 미키 나루미랑 친했었니?"

당번을 제치고 자기가 프린트물을 가지고 가겠다고 주장한 꼬꼬를 다들 이상하게 여겼다. 학기 초에 자리바꿈을 했기에 꼬꼬랑 미키 나루미는 자리도 멀리 떨어지게 되었고, 두 사람이 사이좋게 이야기를 하고 있는 모습 같은 건 아무도 본 적이 없었다. 하지만 그러고 보니 미키 나루미가 누군가하고 같이 떠들거나 웃거나 장난치는 모습, 어쨌든 3학년 2반의 아이답게 지내는 모습을 본 아이는 하나도 없었다.

미키 나루미는 그런 아이였다. 누군가가 성가시게 여기거나 싫어하는 일은 없었지만 그렇다고 누군가의 시선을 받는 아이도 아니었다. 미키 나루미는 교실에 있었고, 그냥 있었고, 그저 그뿐이었다.

"내가 갈 거야."

꼬꼬의 의지는 확고했다. 당연히 폿상을 데리고 갔고, 어느새 고쿤이랑 박군이랑 고다 메구미도 같이 따라오게 되었다.

노보리키타 초등학교 후문에서 이어지는 도로에는 시청에서 심어놓은 은행나무가 줄지어 서 있었다. 가을에는 노란 은

행잎이 예쁘지만 낙엽이 지는 계절이 되면 은행이 길가에 떨어져서 냄새가 진동했다. 지금은 아직 잎이 새파란 때다. 그런데 당당하게 파란 잎사귀들이 하나둘씩 팔랑팔랑 떨어지는 게 참 쓸쓸해 보이는 길이다.

"바…… 박군은, 여…… 여름방학 때, 어…… 어…… 어디 갔었어?"

"응. 한국 다녀왔어."

"정말? 고향 방문이네! 좋겠다! 나도 베트남에 꼭 한번 가고 싶은데!"

박군의 부모님은 올해 안에 이혼한다고 했다. 어머니가 이사하면서 박군도 같이 가야 하는 모양이었다. 박군이 학급위원을 하지 않으면 도대체 누가 한단 말인가?

"그럼 박군은 다른 학교에 가는 거야?"

"응. 하지만 학군을 보니까 중학교 때 또 너희들이랑 같은 학교가 될 거야."

"에이, 중학교 가야 돼?"

"중학교면 앞으로 3년하고 반이나 더 남았잖아!"

"사…… 삼 년 반이나, 지…… 지나면, 다…… 다들 많이, 벼…… 변했겠지?"

"어떤 식으로?"

"그…… 그거야, 지…… 지금은 이렇게, 다…… 다들, 아……

아무렇지도 않게, 얘…… 얘기하지만, 저…… 점점, 남녀가 서로, 마…… 말 같은 건, 아…… 안 하게 되는 거야."

"어째서?"

"사…… 사춘기라는 거래."

사춘기. 꼬꼬가 중얼거려보았다. 자기한테 그런 게 오리라는 생각이 도저히 들지 않았다. 자기는 언제까지나 자기니까 풋상하고도, 고쿤하고도, 나중에 돌아온다는 박군하고도, 이런 식으로 놀고 있을 것이다. 여기서 계속, 은행 같은 걸 주워 모으면서.

"꼬꼬네는 아기가 태어난다면서?"

고다 메구미의 언니는 마코랑 같은 소프트볼부에 소속되어 있는 모양이었다. 마코라면 아마 그 빈 머리로 집안 이야기를 마구 떠벌리고 다녔겠지. 도대체 뭐가 그리 신이 나는 걸까?

"맞아. 바보 같은 일이지."

"아기가 태어나면 나도 보러 가도 돼?"

꼬꼬는 고다 메구미를 가만히 쳐다보았다. 긴 속눈썹, 커다란 눈동자에는 은행나무 가로수가 비쳐 있다. 진짜 은행나무보다 고다 메구미의 두 눈동자 속에 있는 은행나무가 더 아름다웠다. 역시 고다 메구미한테는 안대가 필요 없다.

"아기 좋아해?"

"응, 좋아해. 예쁘잖아."

고다 메구미가 그렇게 말한다면.

"그럼 보러 와도 돼."

엄마의 커다랗게 부풀어 오른 배. 거기 있다가 나오는 생물. 박군네 고양이하고도 다르고, 토끼하고도 다른 정체를 알 수 없는 생물. 그것한테도 반드시 '사춘기'는 찾아오는 것이다.

"그럼 너네 집은 형제가 다섯 명이 되는 거야?"

"세쌍둥이랑, 나랑, 그러네."

"좋겠다. 부럽다."

"뭐가?"

"난 외아들인 데다가 아빠랑 엄마가 이혼하면 엄마랑 둘이서만 살게 되잖아. 나도 형제가 있었으면 참 좋았을 텐데 하는 생각이 들어서."

"나무가 있잖아."

"나무? 아, 그렇지. 나무가 있었지."

"박군이 가버리기 전에 동물을 키울지 말지 학급회의에서 결정해야 되겠네!"

"그…… 그러네."

"미키 나루미네 집은 꽤 머네."

"그…… 그러게. 누…… 누가, 가…… 가본 적, 이…… 있나?"

"나. 전에 프린트물 주러 몇 번 간 적 있어."

"그러고 보니 미키 나루미는 학교를 자주 쉬었던 것 같아."

172

"그나저나, 미키 나루미 하니까 어느 쪽이 성이고 어느 쪽이 이름인지 분간이 잘 안 된다, 그치? 내가 별명 하나 만들어줄까?"

"고쿤, 그러지 마. 안 돼."

고쿤의 머리에는 은행나무 잎이 붙어 있었다. 그것도 두 개나. 조금 기적 같다.

미키 나루미네 엄마는 미키 나루미랑 얼굴이 똑같이 생겼다.

난처해하는 것 같은 눈썹, 검고 커다란 눈동자의 동그란 눈, 예쁘게 빠진 코, 얇은 입술. 바가지 머리까지 똑같았다.

프린트물을 건네주고는 곧바로 돌아갈 생각이었는데 미키 나루미네 엄마가 꼬꼬랑 친구들한테 안으로 들어오라고 했다.

"나루미, 친구들 왔다."

친구, 라는 소리를 들을 정도로 친한 사이가 아니어서 그 말이 꼬꼬랑 다른 애들을 쑥스럽게 만들었다. 하지만 이미 신발을 벗고 안으로 들어간 상태여서 우물쭈물하는 사이에 탁, 탁, 하고 미키 나루미가 계단을 내려오는 소리가 들렸다.

"앗."

미키 나루미는 생각보다 많은 애들이 모여 있는 걸 보더니 놀란 표정이 되었다.

"괘…… 괜찮니?"

"나, 니 별명 생각해왔다!"

"고쿤, 그러지 말라니까."

"미안해, 나루미. 이렇게 많이 한꺼번에 와서."

'괜찮아' 하고 작은 목소리로 대답한 미키 나루미는 애들한테 자기 방으로 오라고 했다. 꼬꼬 혼자만 아무 말도 하지 않았다.

미키 나루미의 방은 미키 나루미를 그대로 구현해놓은 것처럼 아무 특징이 없는 방이었다. 옅은 분홍색 침대, 미색 카펫에다 어디를 가나 흔히 볼 수 있는 책상. 꼬꼬가 꾸깃꾸깃해진 프린트물을 전해주자 "고마워" 하고 작은 목소리로 말하더니 그걸 살그머니 책상 위에 놓았다. 아무리 봐도 어디가 아파 보이지는 않았지만, 예를 들어서 몸을 만진다든지, 손을 잡는다든지, 그런 식의 육체적인 접촉을 꺼리게 만드는 분위기를 미키 나루미는 풍기고 있었다.

"나루미, 내일은 학교 올 수 있어?"

고다 메구미가 물어보자 미키 나루미는 "잘 몰라" 하고 대답했다. 눈동자가 크고 검은 눈으로 어느 한 사람을 쳐다보는 일 없이 허공만 이리저리 바라보고 있었다.

"어…… 어디가, 많이, 아…… 아픈 거야?"

"아니."

"그럼, 너, 설마, 땡땡이야?"

"응."

"헉……!"

미키 나루미는 역시 심해에 사는 물고기처럼 신비로웠다. 꼬꼬는 1학년 때부터 같은 반이었던 미키 나루미를 새삼 물끄러미 쳐다보았다. 머리카락이 새까맣다.

"어째서?"

"그냥 재미없어서."

"그렇구나!"

"어…… 엄마한테는, 뭐라고, 그…… 그랬어?"

"힘들어서 가기 싫다고 했어."

"좋겠다! 우리 집은 내가 열이 있어도 학교는 꼭 가라고 하는데!"

"학교가 왜 재미없다고 생각하는데?"

박군이 부드럽게 물어보면 대부분의 여자애들은 순간적으로 뿅 간다. 미키 나루미는 어떨까?

"으음~, 왜 그럴까? 모르겠어."

아무렇지도 않은 모양이었다.

"이유는 없는 거야?"

"응, 없어. 안 좋은 일이 있었던 것도 아니고. 하지만 그렇다고 재미있는 것도 아니니까."

"그래서 그런 걸 종이에 쓰고 있는 거야?"

꼬꼬의 물음에 다른 애들은 영문을 몰라서 고개를 갸웃거렸다. 미키 나루미는 그날 우수수 떨어진 종이를 다 주워서 한꺼번에 소각로에서 불태웠다. '죽어라'를 알고 있는 사람은 꼬꼬 혼자만이다. 멍청한 코딱지 도리이, 한 달 동안이나 옆자리에 있었으면서도 전혀 몰랐다니. 미키 나루미는 꼬꼬를 가만히 쳐다보았다.

"으음~, 나도 잘 모르겠어."

"정말 모르겠어?"

"응. 그냥 그렇게 쓰고 싶었어."

"그냥 쓰고 싶었던 거야?"

"응."

"그러고 그걸 접어서."

"응."

"책상 속에 넣고."

"응."

이제 됐다. 더 이상 물어볼 필요가 없다.

그냥 쓰고 싶었다지 않은가, '죽어라'를. 미키 나루미는 학교가 재미없는 것이다. 재미없는 학교에 매일 가야 하니까 당연히 힘들겠지. 꼬꼬는 그렇게 생각했다. 그리고 그걸 어떻게든 우리가 해결해주고 싶다고 생각하는 것도 미키 나루미한테는 힘든 일이겠지.

"너네 집, 학교에서 꽤 머네!"

무의식적으로 적절한 때에 화제를 바꾸는 고쿤. 2학기에도 그 인기는 여전할 것이다.

"응. 중학교에 올라가면 더 멀어질 테니까, 그건 정말 싫어."

미키 나루미는 카펫을 손으로 쓰다듬으면서 웃었다. 웃는 얼굴을 처음 봤다.

아주 예쁘게 웃는 얼굴이었다. 방도 자세히 보니까 아주 예쁜 방이었다.

여름방학 동안에 모리가미랑 리코가 헤어졌다는 소문이 들리자 노보세이의 남학생들은 한껏 들떴다. 얼굴이 괜찮은 거야 인정하지만 그런 멍청이한테 우즈하라 리코를 빼앗겼다는 사실을 다른 남학생들은 처음부터 아주 못마땅하게 여기고 있었다.

"어째서 헤어졌는데?"

"너무 멍청하잖아."

"알고 있었잖아."

모리가미는 미련이 남았는지 리코네 교실 앞을 어슬렁거리기도 하고, 운동부 활동을 할 때 의미심장한 눈길을 리코에게 보내곤 했지만 리코는 전혀 개의치 않고 지금은 농구하는 재미에 새삼 푹 빠져 있다.

새 학기에 들어서 점심시간, 몸이 무거운 엄마 대신에 할머니가 만들어준 주먹밥을 먹으면서 세쌍둥이는 한데 모여 점심 시간을 같이 보내고 있었다.

"이게 뭐야, 안에는 순 절인 채소들뿐이잖아."

"미트볼 넣어달라고 부탁했는데."

"하지만, 요리부 애들이 그러는데, 더울 때는 상하기 쉽기 때문에 절인 채소나 초절임 같은 걸 넣는 편이 훨씬 낫다는 거야."

"그야 그럴 수도 있지만."

수예부의 새로운 부장이 된 도모미는 곧바로 과제를 부원들에게 내주었다. 천으로 된 부채에 커다란 악어를 수놓는 것이었다. 겹겹이 접히는 부채는 바느질이 힘들고, 게다가 뒤쪽까지 훤히 보이기 때문에 부원들은 힘들다, 힘들다 하면서 끙끙대고 있었다. 하지만 그런 고통이 언젠가는 제작의 희열로 바뀐다는 사실을 도모미는 알고 있다. 다마사카 부장이 가르쳐준 것이다.

과제 제작 외에 도모미는 개인적으로 아기 배냇저고리에 수를 놓기 시작했다. 새 부장은 바쁘다.

노란 타월 천은 리코랑 마코가 구입했고, 거기에 놓는 자수의 모양은 벌의 애벌레로 정했다.

도서실에 있는 『곤충도감』을 빌려서 벌의 애벌레의 생생한 질감이나 하얗고 부드러운 색감 등을 자세히 연구하는 중이다. 일단 하기로 마음먹었으면 작정을 하고 달려들어야지.

"아기, 기대되지?"

"난 이사하는 게 기대되는데."

"정말로 하는 건가?"

"그야~, 안 하면 어떻게 할 건데. 지금 집은 살기 너무나 좁잖아."

"우리도 슬슬 우리 방이 필요하기도 하고."

"뭐야, 마코, 너 혼자 있고 싶은 거야?"

"아니, 혼자 있고 싶어서 그런 건 아니지만, 그래도 꼬꼬는 자기 방이 갖고 싶을 거잖아."

"그렇겠지. 요즘 들어서 혼자 무슨 생각을 하는지 말도 없이 가만히 있을 때도 많고."

원래부터 말이 많지 않던 꼬꼬가 언제부터인가 극단적으로 말수가 줄었다는 사실을 세쌍둥이도 알아차리고 있었다. 살이 빠져서 홀쭉해진 꼬꼬는 눈빛만 살아 번뜩거려서 어린 나이에도 가까이 다가가기 힘든 분위기를 풍기고 있었다. 그런 차에 '자유 공책 던져버리기' 사건이 일어났다. 아무 말도 하지 않는 꼬꼬 대신에 자유 공책이 우즈하라네 식구들에게 뭔가를 말해주었다. 꼬꼬가 가진 뭔지 알 수 없는 감정이 겉으로 드러난 순간이었다.

꼬꼬는 성장하고 있는 것이다.

"도모미, 꼬꼬한테서 용서받은 거야?"

"응, 괜찮다고 그랬어."

말은 없었지만 꼬꼬는 한여름 더울 때도 도모미의 이불에서
잤다. 도모미는 몸을 깨끗이 씻고 다녔지만 그래도 여전히 생
크림 냄새가 났다.

"꼬꼬는 착하니까."

마코는 여름방학 때 햇볕에 많이 탔다. 내리쬐는 햇볕을 받
으며 포수 노릇을 해야 했으니까. 체육관, 가정과실에 있었던
리코, 도모미보다 두 배는 더 검다. "코끝의 살이 벗겨진다"고
하면서 두 사람한테 보여주었다. 마코의 코에서 벗겨진 피부
조각은 누렇지만 투명해서 햇빛에 비춰보니 희미하게 하늘이
비쳐 보였다.

"맞아, 그앤 참 착해."

"아기도, 지금은 필요 없다고 하지만, 일단 나오면 무지 예
뻐할 거야."

"그야 그렇겠지. 어쩌면 우리보다 걔가 더 아기를 예뻐할지
도 몰라."

긴 복도 끝이 하늘하늘 흔들거리고 있다. 노보세이에도 아
지랑이가 있다. 세쌍둥이는 그것을 바라보면서 할머니가 만들
어준 주먹밥을 먹었다.

"꼬꼬, 키 많이 컸지."

"응."

새 학기가 시작되고 일주일 정도 지났을 무렵 단지 주택 부지 안에서 남자 하나가 체포되었다.

폿상이 말하던 '변태성욕자'에 의한 피해 사례가 여름방학에 집중되어서 지역 경찰이 경계를 삼엄하게 하고 있었더니, 참으로 쉽게, 아주 당당하게 모습을 드러내서 체포되었던 것이다. 현행범이었다.

공연음란죄.

남자는 노보리키타 단지 주택 안의 D동과 E동 사이에서 초등학교 4학년 여자아이 둘에게 자기 성기를 보여주고 있다가 순찰 중이던 경찰에게 붙잡혔다.

경찰차가 다가오는 소리에 흥분한 꼬꼬는 총알처럼 집에서 뛰어나갔다가, 마찬가지로 흥분한 얼굴로 C동에서 내려오는 폿상이랑 맞닥뜨렸다.

"폿상."

꼬꼬는 별 뜻 없이 폿상의 이름을 불렀다.

"고…… 고토코."

폿상도 그랬다.

경찰차의 모습은 금방 보였다. 벌써 주민 몇 명이 그 주위를 에워싸고 있었다. 꼬꼬랑 폿상은 뛰었다. 경찰관한테 팔을 양

쪽으로 붙잡힌 남자가 막 경찰차에 태워지려고 하는 참이었다. 그 모습, 멀리서도 알아볼 수 있는 그 모습을 보고 꼬꼬는 "앗!" 하는 소리를 냈다.

쥐 인간이었다.

전에 만났을 때랑 똑같이 쥐색 점프슈트를 입고 있었고, 반질반질 윤이 나는 분홍색 피부를 하고 있다. 누가 때렸는지, 아니면 자기가 난동을 부렸는지, 한가운데로 가르마를 타고 있던 머리카락이 흐트러져 있었지만 그래도 가슴의 S자는 여전히 흉물스럽게 빛나고 있었다. 노란색 S자.

꼬꼬랑 폿상은 "차에서 물러나세요!" 하고 경찰관이 말할 때까지 경찰차에 가까이 다가가서 쥐 인간을 보았다. 쥐 인간이 이쪽을 흘깃 본 것 같은 느낌이 들었지만 눈길이 마주치지는 않은 모양이었다. 주위를 둘러싼 사람들 너머 어딘가 멀리 있는 바다를 생각하고 있는 듯한 눈이었다.

"끔찍해!"

"저기 봐, 생긴 것부터가 이상하잖아."

"어이구, 이쪽을 보네!"

단지 주민들은 그런 말을 주고받았고, 경찰차 건너편에는 체포당할 때 쥐 인간이 성기를 보여주고 있던 여자애들인지, 두 아이가 각각 엄마로 보이는 여자한테 바짝 달라붙어 있었다. 겁을 먹은 것처럼 보이지는 않았다. 다만 자기들이 뜻하지 않게 처한 상황에 놀라고 있는 모양이었다. '4학년씩이나 되었으면서 엄마 치마폭에 매달려 있다니, 쪽 팔리지도 않냐?' 하고 꼬꼬는 생각했다.

하지만 꼬꼬의 다리는 틀림없이 후들거리고 있었고, 폿상한테 말을 걸고 싶어도 도무지 목소리가 제대로 나오지 않았다. "존안을 밟아줄 거야?" 그렇게 말했던 쥐 인간. 꼬꼬는 다시금 얼굴에 올려놓았던 토끼의 무게가 생각났다.

쥐 인간은 경찰차에 실린 다음에도 여전히 바깥을 응시하고 있었다. 번뜩이는 커다란 눈은 갑자기 눈앞에 불쑥 나타난 커다란 호수 같았다.

경찰차는 어딘지 모르게 잘난 척하면서 천천히 움직이기 시작했다. 소리도 없이 번쩍이면서 돌아가는 회전등이 영 이상했다. 그냥, 빨갛다. 남은 경찰관 한 사람이 '피해를 당한' 여자애들 둘에게 이야기를 듣고 있었다.

꼬꼬랑 폿상은 그 자리를 떠났다.

하늘은 분홍색에서 보라색으로 변하고 있었다. 아름다운 노을이었다.

저녁노을을 보고 있으면 눈물이 난다고 언젠가 할아버지가 했던 말이 생각났다. "어째서?" 하고 물었더니 "저녁노을을 보고 있으면 여러 가지 일들이 생각나기 때문이지"라고 할아버지가 말했다. 그때 할아버지는 정말로 눈물을 흘리고 있었던 것 같았다. 그게 언제였지? 아마 꼬꼬가 초등학교에 들어가기도 전이었던 것 같다.

아프다, 분하다, 그런 일 외에는 눈물을 흘려본 적이 한 번도 없었다.

꼬꼬랑 퐁상은 단지 안에 있는 공원으로 갔다.

여기에도 은행나무가 있다. 학교 뒷문 쪽에 있는 은행나무와는 달리 파란 잎을 힘없이 떨어뜨리는 일 따위는 없었다. 아주 당당하고 힘 있는 나무였다.

두 사람은 낡은 파란색 그네에 앉았다. 꼬꼬는 발끝으로 모래를 팠다. 퐁상은 변태가 체포되는 순간을 본 것 때문에 흥분해 있는 모양이었다.

"이…… 이상한 게, 나…… 남자인지 여자인지, 자…… 잘 분간이 안 되는, 노…… 놈이었지."

"응."

"저…… 저런 걸, 벼…… 변태성욕자라고 하나?"

"응."

"다…… 다섯 살 많은 혀…… 형이, 그…… 그랬는데, 저…… 저런 놈들은, 자…… 자기 거시기를 보여주고, 흐…… 흥분을 느낀대."

"응."

"더…… 더구나, 어…… 어린애들한테."

"응."

"나…… 남자애들한테도, 저…… 저렇게 하는 놈이, 이……
있대."

"응."

꼬꼬가 계속 파고 있는 모래는 밤색을 지나 불그죽죽한 색
깔이 되어 있었다. 신발 끝이 모래를 뒤집어쓰면서 점점 지저
분해졌다. 꼬꼬의 그림자는 축축하니 까맣다.

"난, 쥐 인간이라고 부르고 있어."

"엉?"

꼬꼬는 지저분해진 신발을 벗고 맨발을 모래 위에 얹었다.
깊이 판 모래는 약간 축축한 게 서늘하니 차가웠다.

"저 남자, 쥐같이 생겼잖아."

"고…… 고토코, 너…… 넌, 저…… 저 남자, 아…… 알고
있었어?"

"응. 여름방학 때 만났거든."

"마…… 만났다니, 그…… 그럼……."

이상한 짓을 하지 않았냐고 풋상은 묻고 싶었다. 하지만 가
만히 있었다. 꼬꼬는 이번에는 발가락으로 모래를 쿡쿡 찌르
면서 파내기 시작했다.

"쥐 인간이 나에게 '존안을 밟아줄 거야?'라고 했어."

"뭐?"

"똑똑하게 기억하고 있어. 자유 공책은 없었지만 그래도 분명하게 기억해. 나도 의미를 알 수 없었지만 얼굴을 밟아달라고 하는 거였어. 쥐 인간이 그랬거든. 존안을 밟아줄 거야? 무슨 주문 같지 않니?"

"어…… 얼굴?"

"응. 내가 밟아주기를 바랐던 모양이야."

"그…… 그래서, 바…… 밟았어?"

"응."

"그…… 그랬구나."

집으로 돌아가라고 재촉하는 음악이 울렸다. '먼 산 너머로 저녁노을 지고…… .' 여섯 시다. 저녁노을은 분홍색, 보라색, 오렌지색, 파란색. 할아버지는 또 울고 있을지도 모른다. 가느다란 빛이 똑바로 비쳐온다.

"내가 무지하게 힘을 줘서 밟았거든. 쥐 인간, 얼굴에서 피가 나더라. 나 그래서 토끼를 얼굴 위에 올려놨어."

"토…… 토끼?"

"그래. 쥐 인간을 밟은 다음에 토끼장으로 뛰어가서 토끼를 얼굴 위에 올려놨어."

"그…… 그랬구나."

"폿상은 그때 없었잖아. 할머니네 집에 가 있었지? 그래서 나 혼자 토끼를 산책시켰어."

발톱 속에 모래가 잔뜩 끼어 있다.

꼬꼬는 가만히 그것을 쳐다보았다. 저녁노을에 물들어서 오렌지색으로 보이는 발. 파란 핏줄이 보이는 발등. 그걸 보고 있으려니까 꼬꼬는 갑자기 알게 되었다. 말을 할 때 '이제 알았다'고 생각했던 것의 정체를 알게 되었다.

흙이 끼어 있는 이 발톱은 할아버지한테 저녁노을 이야기를 들었을 때보다 훨씬 더 커져 있었다. 많이 지저분해져 있었다. 많이 나이 들어 있었다. 아주 많이.

"미…… 미안해."

폿상이 그렇게 말했다.

꼬꼬는 폿상을 쳐다보았다. 폿상은 왼손으로 그넷줄을 잡고서 저녁노을을 등에 지고 꼬꼬를 바라보고 있었다. 옛날에 폿상은 지금보다 훨씬, 훨씬 더 작았다. 그넷줄을 잡는 손은 원숭이 새끼처럼 빨갛고 아주 작지 않았던가.

"미안해할 필요 없어. 폿상이 나쁜 건 아니니까."

꼬꼬는 언젠가 폿상이랑 같은 시간에 죽을 수 있었으면 좋겠다고 생각했다.

처음으로 죽는 것을 외롭다고 생각했다.

폿상이 먼저 죽으면 꼬꼬는 틀림없이 울 것이다.

"미…… 미안했어."

"미안해할 필요 없다니까."

하지만 먼저 운 사람은 폿상이었다. 꼬꼬를 혼자 있게 한 것, 토끼를 얼굴에 올려놓은 꼬꼬. 폿상의 눈망울에서 투명한 눈물이 후드득 떨어졌다.

폿상은 얼른 어른이 되고 싶다고 생각했다. 생전 처음.

"호…… 혼자 있게 해서, 미…… 미안해."

꼬꼬는 저녁노을이 예쁘다고 생각했다. 우리가 죽어도 아마 계속 그렇게 아름답게 있을 저녁노을이 정말 예쁘고 외롭다고 생각했다. 혼자 있는 것보다 훨씬 더, 방이 다섯 개 있는 커다란 집에 있는 것보다 훨씬, 지금 여기 폿상이랑 같이 있는 꼬꼬는 '외롭다'는 기분을 경험하고 있었다.

단지 주택은 조용해졌다. 집집에서 저녁을 짓는 냄새가 풍겨왔다. 배가 고팠지만 꼬꼬도 폿상도 움직이지 않았다. 오늘은 뭔가 있는 날이라는 사실을 둘 다 마음속에서 느끼고 있었다. 아마 나중이 되어도 오늘을 잊어버리지는 않을 것이다. 그리고 정말로 잊을 수 없는 날이 되었다.

두 사람의 눈앞에 사슴이 나타난 것이다.

그건 아주 크고 멋진 뿔을 가진 사슴이었다.

짙은 갈색 가죽에는 흰색과 회색 무늬가 있고, 체구는 듬직하니 든든하고, 그에 비해 다리는 길게 죽 뻗어 있고, 발굽이 당당하게 땅바닥을 짚고 있었다. 사슴은 꼬꼬랑 폿상이 있는 것을 알고는 뚫어지게 쳐다보았지만 절대로 위협하지 않았고, 그렇다고 겁을 내지도 않았다.

마치 저녁노을 그 자체와도 같은 사슴이었다.

"사슴이다."

수노인이 아니라 수노인이 데리고 다니는 사슴이 폿상 앞에 나타난 것이다. 오랫동안 수노인이 나타나기를 바랐고, 그 지팡이를 내려주기를 소원해왔는데 어른이 되고 싶다고 처음으로 절실하게 소망한 오늘, 폿상 앞에 나타난 것은 늠름한 사슴이었다.

아아, 저 사슴은 어쩌면 저렇게 아름답고 멋질까!

"예쁘다."

꼬꼬가 말했다. 사슴은 움찔하고 귀를 움직이더니 두세 번 다리를 들었다 놨다 했다. 양지바른 곳에 있는 풀과 같은 냄새가 풍겨온다. 그리고 그 냄새를 뒤따라오듯이 풍기는 저녁 음식 냄새, 정적.

"예쁘다."

검은 눈이 촉촉하게 젖은 것처럼 반짝이고, 작은 입을 야무지게 다물고 있었다.

사슴은 한동안 거기 서 있다가 이윽고 걸어가기 시작했다. 길고 긴 그림자를 남기면서 E동 쪽으로. 따각, 따각, 하는 고귀한 소리는 폿상이 몇 날 밤을 가슴 조이며 기다려온 것이었다.

아아.

"저…… 정말, 예…… 예쁘다, 그치?"

꼬꼬랑 폿상은 서로 얼굴을 마주 보았다.

사슴은 지팡이를 폿상에게 내려주는 대신 귀여운 똥을 뚝뚝
뚝, 아주 많이 떨어뜨리고 갔다.

저녁노을은 사라지고 검푸른 빛이 두 사람을 감쌌다. 소리
없이 빠르게 밤이 내렸다. 서로의 윤곽이 점점 어슴푸레해졌
지만 사슴을 보았다는 흥분으로 두 사람은 끈끈하게 이어져
있었다.

세쌍둥이가 걱정할 텐데, 하고 꼬꼬는 생각했다.

아니나 다를까 멀리서 "꼬꼬~!" 하고 부르는 소리가 들렸
다. 꼬꼬랑 폿상은 눈 감고도 다닐 만큼 익숙한 단지 안을 세
쌍둥이의 목소리가 이끄는 대로 걸었다.

"꼬꼬~, 꼬꼬~."

세쌍둥이는 두 사람의 모습을 보더니 "아아" 하고 소리를 질
렀다.

"다행이다!"

도모미의 티셔츠에는 '불굴'이라는 글자가 수놓아져 있었다.
새로 부장이 되면서 다마사카 부장한테 물려받은 것이었다.
너무 소중하게 입고 있는 탓에 좀처럼 빨지도 않아서 살짝 냄

새가 났다. 착한 도모미.

"폿상."

헤어지기 전에 꼬꼬는 폿상한테 어떤 일을 부탁했다.

폿상은 신기해하는 표정을 지었지만 금방 "아…… 아……
알았어" 하고 말했다. 정말 멋있는 폿상의 리듬. 꼭 노래 부르
고 있는 것 같은.

미키 나루미가 오랜만에 학교에 왔더니 3학년 2반은 자리바
꿈이 되어 있었다.

자리표에 따르면 미키 나루미의 자리는 창가 뒤쪽에서 두
번째였던 것이 복도 쪽에서 둘째 줄, 한가운데로 바뀌었다.
옆자리가 박군이어서 사실은 살짝 기뻤다. 나루미는 감정이
표정에 드러나지 않는 타입이다.

책가방을 책상 옆에 걸고 자리에 앉았다. 책상에는 누군가
가 한 낙서, 하트 모양, 입술 모양이 그려져 있었다. 이렇게
유치한 짓을 하는 건 탓칭인가?

미키 나루미는 자리에 앉자마자 반사적으로 책상 속으로 손
을 넣었다. 그랬더니 종이가 만져졌다. 깜짝 놀랐다. 손을 더
움직여보았더니 책상 속은 종이로 꽉 차 있었다.

버린 게 아니었던가? 눈처럼 발치에 쏟아졌던 그 종이들은,
수많은 '죽어라'는, 아무에게도 보여주지 않은 채 소각로에 버

렸던 기억이 나는데, 아니었나?

책상 속에 꽉 차 있는 그 종이들 중 하나를 손에 쥐고 미키 나루미는 주위를 둘러보았다.

교실에는 애들 몇 명이 있을 뿐이었다. 아직 시간이 이른 것이다. 한 달 반 만에 온 교실은 어딘지 낯선 분위기로 미키 나루미의 시선을 살짝 튕겨버렸다.

종이는 약간 젖어 있는 것 같은 느낌이 들었다. 땀인가? 이상하게도 불쾌한 느낌이 들지 않는 그 종이를 미키 나루미는 조심스럽게 펼쳐보았다. 상당히 작게 접고 또 접어놓은 것이었다. 이상하다. 나는 이렇게 작게 접지 않았는데.

간신히 펼쳐본 그 종이에는,

저녁노을

이라고 쓰여 있었다.

놀라울 정도의 힘으로 쓰인 글씨. 한없이 고딕체에 가까운 글씨였다. 범인을 바로 알아차린 미키 나루미는 다음 종이를 펼쳤다. 이번에는 놀라울 정도로 희미하게 적힌 글씨. 노인처럼 달필인 초서로 된 글씨다.

사슴

미키 나루미 머릿속에 금방 폿상이 떠올랐다. 반에서도 특별히 글씨에 특징이 있는 두 사람이다. 다음 종이에는,

수건

다음 종이에는,

피리

미키 나루미는 뭔가에 홀린 사람처럼 종이들을 연달아 펼쳐 보았다.

지팡이

여름방학

부드러운 고양이

편지

진한 주스

원숭이

글자

할아버지

오물

두꺼운 안경

여름 이불

부침개

불상

급식

이시타

키 큰 풀

지혜로운 고승

안뜰

무지하게 차가운 물

달

불고기

나무아미타불

푸딩 위의 달콤한 것

저녁에서 밤이 되는 시간

반질반질한 돌

비기는 게 계속되는 시간

등불

미키 나루미는 살짝 웃고 있었다.

두 사람의 개성적인 글씨.

책상 위에는 미키 나루미가 펼쳐놓은 하얀 종이로 가득 차 있었다. 학교에 온 박군이 옆에서 웃었다. 박군은 그 뒤로 부정맥이 일어나지 않고 있다. 미키 나루미는 역시 은근히 기뻤고, 그래서 장난할 게 생각났다.

안뜰에 있는 꼬꼬랑 폿상은 토끼장에 있는 토끼를 열심히 들여다보고 있었다. 조금 있으면 수업이 시작되는 종이 울릴 것이다.

변태성욕자가 체포된 것하고 동물원에서 탈출한 사슴이 나타난 것 때문에 노보리키타 단지 주택은 약간 유명해졌다. TV 방송국에서도 찾아왔는데, 인터뷰에서 리포터에게 대답한 술집 '기사라기'의 다케다 도미에 씨는 유화에서 쓰는 그림물감 같은 화장을 하고 있었다.

꼬꼬는 지저분해진 자유 공책의 새로운 활용방법을 생각해냈고, 폿상도 함께하기로 했다.

원탁에는 오랜만에 할머니가 만든 요리가 차려졌다. 호박과 다진 고기 조림, 시금치 나물, 채소와 유부 찜, 생선 조림. 순전히 조린 음식들이다.

"뭐 미트볼이나 그런 건 없어?"

"아니, 리코야. 넌 이 할머니가 만든 음식이 마음에 안 드냐?"

"할머니, 난 마코야."

"얼굴이 똑같으니 알아볼 수가 있나."

"내가 못살아."

"한 사람 모자라잖아."

"도모미가 없어. 다마사카 부장네 집에서 밤새서 바느질을 한대."

"열성이네."

"배냇저고리에 수를 놓는다고 저 열심이잖아."

"언젠가는 도모미가 우리 식구들을 먹여 살릴지도 모르겠네."

"당신은 도대체 그게 무슨 소리예요? 당신이 돈을 더 잘 벌면 이렇게……."

"이렇게 뭐?"

"아무것도 아니에요."

"우리 언제 이사 가?"

"이사라……, 그래, 이사, 한다고 했지."

"그런데?"

"난 여기가 참 살기 좋은 것 같은데."

"좁잖아."

"좁은 건 다 이거, 이 원탁 때문이잖아."

"하긴 그렇지. 여기가 꽉 차니까."

"모리가미가 학교에서 애들한테 이 원탁 얘기를 하도 나불대고 다니는 바람에 창피해서 혼났어."

"리코야, 너 아직도 그 정신 사납고, 온통 구멍투성이 허당 같은 놈이랑⋯⋯?"

"에이, 할아버지도. 헤어진 지가 언젠데."

"헤어졌냐?"

"정말?"

"왜 좋아서 난리야?"

"그놈도 얼굴 하나는 쓸 만했는데."

"정말로 쓸데라고는 얼굴밖에 없었어."

"앗!"

"당신 왜 그래?"

"움직였어!"

"정말?"

"애가 힘이 넘치네!"

"엄마 나도 만져보자, 나도."

"이야~, 진짜네~!"

"어디 보자, 아가야, 아빠다~!"

"아빠, 좀 비켜봐!"

"왜 그래? 내 아기인데."

"자, 꼬꼬야, 너도 만져봐."

"⋯⋯."

"어때?"

"……."

"꿈틀대고 있지?"

"응."

"꼬꼬, 너도 이랬어."

"얼마나 배를 많이 찼는데."

"응."

녀석은 시오리의 뱃속에서 이런 대화를 모두 듣고 있었다. 어지간히 시끄러운 가족인 모양이다. 꿀꺽꿀꺽, 양수를 마신다. 그건 약간 찝찔하고 달콤하다. 쉬를 했더니 미지근하게 물이 출렁인다. 아지랑이 같지만 녀석은 아직 아지랑이를 모른다. 손가락을 입에 물어보니 벌써 손톱이 있고, 눈을 뜨지는 않지만 입을 크게 벌리고 하품은 할 수 있다.

"움직이네."

목소리가 들린다. 배꼽에서 뻗어 있는 줄기는 벌겋고 힘차다. 뭔가 냄새가 난다. 소리도.

"움직인다."

녀석은 그 목소리를 절대 잊지 않으리라고 생각한다. 하지만 잊게 된다. 태어나면, 죽기 위해, 살아간다.

미키 나루미가 뿌린 종이는 훨훨 안뜰을 날아다녔다.

그건 한여름에 내린 눈처럼 보였다. 철봉 근처에서는 여전히 아지랑이가 피어올랐다. 하지만 조금 있으면 가을이 올 것이다. 모두 알고 있다.

　꼬꼬랑 폿상은 하늘을 올려다보았다. 미키 나루미가 한 일을 보고 "와아~!" 하고 함성을 질렀다. 웃었다. 베란다에는 학교에 온 애들의 웃는 얼굴이 있다. 지점토가 아니라 진짜 얼굴이다.

재미있는 모양의 채소

토끼

저녁에서 밤이 되는 시간

안뜰

천문대

지팡이

사슴

부침개

진한 주스

무지하게 차가운 물

불상

할아버지

요물

나무아미타불

급식

비기는 게 계속되는 시간

세쌍둥이

등불

원탁

원탁 (원제:円卓)

1판 1쇄 2014년 10월 15일

지 은 이 니시 가나코
옮 긴 이 임희선

발 행 인 주정관
발 행 처 북스토리(주)
주　　소 경기도 부천시 원미구 상3동 529-2 한국만화영상진흥원 311호
대표전화 032-325-5281
팩시밀리 032-323-5283
출판등록 1999년 8월 18일 (제22-1610호)
홈페이지 www.ebookstory.co.kr
이 메 일 bookstory@naver.com

ISBN 979-11-5564-023-4　04830
　　　　 979-11-5564-020-3　(세트)

※잘못된 책은 바꾸어드립니다.

이 도서의 국립중앙도서관 출판시도서목록(CIP)은 서지정보유통지원시스템 홈페이지(http://
nl.go.kr)와 국가자료공동목록시스템(http://www.nl.go.kr/kolisnet)에서 이용하실 수
다. (CIP제어번호 : CIP2014017351)